# PRIDE.

## and

# PREJUDICE

by

## Jane Austen,

with a Preface by

### George Saintsbury

and

Illustrations by

### Hugh Thomson

Ruskin
House.

156. Charing
Cross Road.

London
George Allen.

# 오만과 편견 3

제인 오스틴 지음 | 김유미 옮김

더스토리

| 차 례 |

제3부

3

엘리자베스는 빙리 양이 질투심 때문에 자기를 싫어
한다는 걸 알고 있었기 때문에 펨벌리에서 만나면 그
녀가 자기를 별로 반가워하지 않을 거라고 생각했다.
그리고 속으로는 자기를 싫어하면서 겉으로는 얼마나
예의를 차릴지 궁금했다.

저택에 도착하자 그들은 현관 홀을 지나 응접실로 안
내를 받았다. 응접실이 북쪽을 향하고 있어서 여름에는
시원하고 쾌적할 것 같았다. 정원으로 난 창으로는 저
택 뒤편의 높고 울창한 산과 그 앞쪽으로 펼쳐진 잔디
밭과 여기저기 서 있는 참나무와 밤나무들이 연출하는
멋진 전경이 내다보였다. 정원의 경치를 보는 것만으로

도 기분이 상쾌해지는 것 같았다.

이 방에서 그들은 다시 양의 영접을 받았다. 그녀
는 허스트 부인과 빙리 양, 런던에서 다아시 양을 돌봐
주는 부인과 함께 있었다. 조지애나는 공손한 태도를
보이면서도 당황해서 어쩔 줄 몰라 하며 조심스럽게 행
동했다. 이런 태도는 다아시 양의 내성적이고 수줍어하
는 성격과 실수라도 할까 봐 염려하는 소심함에서 비롯
된 것이었지만, 자신의 낮은 신분을 의식하는 사람에게
는 거만하고 무뚝뚝한 행동으로 오해받을 소지가 있었
다. 그러나 가디너 부인과 조카딸은 그녀의 성품을 이
해하고 오히려 안쓰럽게 생각했다.

허스트 부인과 빙리 양은 예의상 아는 척하는 정도로
그들을 맞았다. 그들이 자리에 앉자 잠시 어색한 침묵
이 흘렀다. 이 침묵을 처음 깬 사람은 앤즐리 부인이었
다. 그녀는 인상이 온화하고 서글서글해 보였고, 대화를
꺼내려고 애쓰는 모습이 다른 두 여자들보다는 훨씬 인
간미가 있어 보였다. 그녀와 가디너 부인 사이에 대화
가 이어졌고 이따금 엘리자베스가 대화에 참여했다. 다
아시 양은 용기를 내서 대화에 짧게 참여하는 게 고작

이었다.

엘리자베스는 곧 빙리 양이 자기를 유심히 지켜보고 있다는 걸 알아차렸다. 특히 그녀가 다아시 양에게 한 마디라도 말을 걸려고 하면 빙리 양이 신경을 곤두세우는 게 느껴졌다. 그렇다고 해서 빙리 양에게 말을 거는 걸 꺼려할 엘리자베스는 아니었지만, 두 사람이 앉아 있는 자리가 너무 멀리 떨어져 있어서 대화를 나누기에 불편했다. 엘리자베스는 자신의 생각에 골몰하고 있어서 다아시 양과 많은 대화를 나눌 수 없는 게 안타깝지는 않았다.

금방이라도 남자들이 방으로 들어올 걸 생각하면 마음이 초조해졌다. 엘리자베스는 그들 중에 이 집의 주인도 끼어 있기를 바라면서도 한편으로는 두려웠다. 그가 들어오기를 바라는 것과 두려워하는 것 중에서 어떤 감정이 더 강한지 분간할 수가 없었다. 15분 동안이나 이런 상태로 앉아 있었지만, 빙리 양은 한마디도 말을 하지 않았다. 그러다가 엘리자베스는 갑자기 가족의 안부를 묻는 빙리 양의 냉랭한 음성을 듣고 정신을 차렸다. 그녀 역시 무뚝뚝하고 간결한 말로 대답했고, 빙리 양은 더 이상 아무 말도 하지 않았다.

그들이 다음에 받은 접대는 하인들의 손에 들려 나온 냉육과 케이크와 온갖 종류의 제철 과일들이었다. 이것도 앤즐리 부인이 다아시 양에게 몇 번이나 의미심장한 눈길과 미소로 힌트를 줘서 안주인의 역할을 하도록 귀띔한 덕분에 이루어진 일이었다. 모두들 이제야 할 일이 생겨서 안도하는 분위기였다. 대화는 모두가 나눌 수 없지만 음식은 누구나 먹을 수 있었다. 사람들은 포도, 천도복숭아, 복숭아를 피라미드처럼 아름답게 쌓아 올린 식탁으로 모여들었다.

그들이 음식을 먹는 일에 집중하는 동안 엘리자베스는 다아시가 방 안에 들어설 때 자신의 감정이 두려움인지 기다림인지 판단할 수 있는 여유를 얻었다. 다아시가 방으로 들어서기 전까지는 그가 오기를 바라는 마음이 더 우세하다고 생각했지만, 막상 그가 모습을 나타내자 차라리 그가 오지 않는 편이 좋았을 거라는 생각이 들었다.

다아시는 저택에 와 있던 몇 명의 신사들과 함께 강가에서 낚시질을 하고 있는 가디너 씨와 시간을 보내고 있었다. 그날 아침 숙녀들이 조지애나를 방문하기로 했다는 말을 듣자 집으로 돌아온 것이었다. 그가 나타나자 엘리자베스는 태연하고 침착하게 행동해야겠다고 마음을 다잡았다. 모든 사람들이 두 사람의 관계를 수상쩍게 여기고 있었고, 다아시가 방 안에 모습을 드러내자마자 모든 사람들의 시선이 그의 행동을 주의 깊게 관찰하고 있었다. 이런 상황에서 태연하게 행동하기란 여간 어려운 일이 아니었다. 그중에서도 빙리 양은 두 사람에게 신경을 바짝 곤두세우고 있었다. 그러면서도 다아시에게 얘기를 건넬 때는 화사한 미소를 지으며 그의 환심을 사려고 애쓰는 모습이 아직 다아시에 대한 관심을 버리지 않았고, 포기할 생각은 더욱이 없는 게 분명했다.

다아시 양은 오빠가 방에 들어오자 자기 딴에는 더 말을 많이 하려고 애쓰는 것처럼 보였다. 다아시는 엘리자베스가 동생과 친해지게 하려고 두 사람이 대화를 나눌 수 있도록 분위기를 이끌었다. 빙리 양 역시 그런 다아시의 의중을 눈치채고 비웃는 듯한 미소를 지으며 무례하게 말했다.

"엘리자 양, 군부대가 메리턴에서 이전했다면서요?
가족분들에게는 큰 손실이시겠어요."

다아시가 그 자리에 있었기 때문에 그녀는 감히 위
컴의 이름을 입에 올리지는 못했지만, 엘리자베스는 그
녀가 위컴을 염두에 두고 하는 말이라는 걸 곧 알아차
렸다. 그와 관련된 여러 가지 기억이 떠올라 잠시 고통
스러웠지만, 악의에 가득 찬 빙리 양의 공격에 대항하
려면 기운을 내야만 했다. 그녀는 아무렇지도 않은 척
하면서 자신도 모르게 다아시를 흘깃 바라보았다. 그는
얼굴이 붉어진 채 그녀를 뚫어지게 쳐다보고 있었다.
그의 누이동생은 당황해서 어쩔 줄 모르고 눈을 들지도
못했다. 빙리 양이 자기가 사랑하는 친구에게 어떤 고
통을 주고 있는지 알았다면 그런 경솔한 얘기는 꺼내지
않았을 것이다. 그녀는 단지 엘리자베스가 좋아하는 남
자의 얘기를 꺼내서 그녀의 심기를 불편하게 만들려는
속셈이었다. 그렇게 해서 다아시가 엘리자베스에 대해
나쁜 인상을 갖게 하려는 게 그녀의 목적이었다. 엘리
자베스의 가족이 군인들과 관련해서 일으킨 수치스러
운 일들을 다아시가 다시 기억하게 만들어서 엘리자베

스에 대한 관심과 애정을 단념하게 만들려는 것이었다.

빙리 양은 다아시 양이 위컴과 도망치려고 했던 사건에 대해 전혀 몰랐다. 그 사건은 엘리자베스를 제외한 모든 사람들에게는 전혀 알려지지 않은 일이었다. 다아시는 그 사실이 빙리의 친척들에게 알려지지 않도록 각별히 신경을 썼다. 그는 엘리자베스가 오래전부터 짐작한 대로 누이동생이 빙리 집안 사람이 되기를 원했고 그런 이유 때문에 빙리를 베넷 양에게서 떼어 놓으려고 한 것은 아니지만, 친구의 결혼 문제에 적극적으로 간섭한 데에는 그런 요인이 작용한 것도 사실이었다.

그러나 엘리자베스의 침착한 태도는 다아시의 마음을 이내 차분하게 가라앉혀 주었다. 빙리 양은 화가 나서 흥분한 탓에 위컴의 이름을 입에 올릴 생각은 하지 않았다. 조지애나도 겨우 마음을 진정한 것처럼 보였다. 그러나 더 이상 말을 꺼낼 용기를 잃었는지 입을 꾹 다문 채 조용히 앉아 있었다. 그녀는 오빠와 눈이 마주칠까 봐 눈을 들지도 못하고 있었다. 다아시는 빙리 양의 말이 동생과 연관성이 있다는 생각은 하지 못하는 것 같았다. 빙리 양은 다아시를 엘리자베스에게서 멀어지게 하려는 의도로 그런 말을 꺼냈지만, 결과적으로 그의 마음은 오히려 엘리자베스에게 더 확실하게 기울어지게 되었다.

이런 질문과 답변이 오가고 나서 얼마 지나지 않아서 그들은 방문을 마쳤다. 다아시의 마차가 기다리고 있는 곳까지 그들을 배웅하러 나간 사이에, 빙리 양은 엘리자베스의 몸매와 행동거지와 옷차림에 대해 험담을 늘어놓으며 분개한 심사를 풀고 있었다. 그러나 조지애나는 그녀의 말에 전혀 동조하지 않았다. 오빠가 엘리자베스를 칭찬한다는 사실만으로도 조지애나는 엘리자베스에 대해 충분히 호감을 가질 수 있었다. 오빠의 판단은 절대 잘못될 리가 없었다. 엘리자베스에 대한 오빠의 말을 들으면 그녀가 정말 사랑스럽고 마음씨 고운 여자라고 생각하지 않을 수 없었다. 다아시가 응접실로 돌아오자 빙리 양은 그의 누이동생에게 했던 말을 다시 되풀이했다.

"오늘 아침에 보니 엘리자 베넷 양의 모습이 말이 아니더군요, 다아시 씨."

그녀는 큰 소리로 말했다.

"지난겨울에 본 이후로 너무 많이 변했던데요. 피부가 까맣게 그을린 데다 거칠어지기까지 했더라구요. 루이자와 저는 베넷 양을 다시 안 만나는 게 좋았을 거라고 생각했답니다."

다아시는 그녀의 말이 귀에 거슬렸지만, 엘리자베스가 여름에 여행을 많이 해서 당연히 얼굴이 약간 그을리기는 했지만 다른 건 별로 변한 것 같지 않다고 냉정하게 대답했다.

"제가 볼 때 베넷 양은 예쁜 구석이 한 군데도 없는 것 같아요. 얼굴은 너무 말랐고 피부도 윤기가 없잖아요. 게다가 이목구비도 특별히 잘생긴 데가 없어요. 코는 개성이 없고, 콧날도 뚜렷하지 못하고, 치아는 봐 줄 만하지만, 특별히 잘난 것도 아니고, 눈이 예쁘다고 하는 사람들도 가끔 있기는 하지만 제가 볼 때 특별히 아름답다는 생각은 안 들어요. 날카롭고 고집스럽게 보여서 마음에 안 드는 눈이에요. 몸가짐을 보면 더 가관이죠. 품위라곤 전혀 없으면서도 자만심만 가득 차 있어서 참고 봐 주기 힘들 정도예요."

다아시가 엘리자베스를 사모하고 있다는 걸 알고 있

는 빙리 양이 그녀를 헐뜯는 말을 하는 것은 결코 자신을 돋보이게 하는 처사가 아니었다. 그러나 분노에 휩싸인 사람들은 항상 현명하게 행동할 수는 없는 법이다. 다아시가 약간 화가 난 것 같은 표정을 짓자 그녀는 자신의 의도가 성공했다고 생각했다. 그러나 그가 굳게 입을 다물고 있었기 때문에 그의 입을 열게 하려는 속셈으로 계속 말을 이어 갔다.

"처음 하트퍼드셔에서 베넷 양을 봤을 때 미인으로 소문난 아가씨라는 걸 알고 무척 놀랐었죠. 그리고 어느 날 밤인가 네더필드에서 식사를 하고 난 다음에 다아시 씨가 했던 말이 기억나네요. 그 여자를 미인이라고 부르느니 차라리 그 어머니를 지혜로운 여자라고 하는 게 낫겠다고 하셨잖아요. 하지만 그 후로는 베넷 양이 아름답게 보이셨나 보죠? 한때는 그녀를 아름다운 여자라고 생각하셨던 거죠?"

"맞아요, 그건 베넷 양을 처음 만났을 때의 일입니다. 내가 알고 있는 여자들 중에서 그녀가 가장 아름답다고 생각하게 된 게 벌써 몇 달 전 일이니까요."

그는 이렇게 말하고 자리를 떠나 버렸다. 빙리 양은

자신을 고통스럽게 만드는 그런 말을 다아시에게 하게 만든 사람이 바로 자기 자신이라는 쓰라린 후회를 곱씹어야만 했다.

돌아오는 길에 가디너 부인과 엘리자베스는 다아시 씨의 저택을 방문하는 동안 일어났던 일들에 대해 얘기했다. 그러나 두 사람 모두 특별히 관심이 있는 문제는 언급하지 않았다. 그의 여동생과 그의 친구들, 집, 과일 등등 모든 것에 대해 얘기했지만 그 사람에 대한 얘기는 전혀 언급하지 않았다. 그러나 엘리자베스는 마음속으로 가디너 부인이 그를 어떻게 생각하고 있는지 너무도 알고 싶었다. 가디너 부인 역시 조카딸이 그에 관한 화제를 꺼냈더라면 무척이나 기뻐했을 것이다.

4

램턴에 처음 도착하던 날, 엘리자베스는 제인에게서 편지가 오지 않은 걸 알고 크게 실망했다. 다음 이틀 동안도 그녀는 아침마다 실망감을 맛봐야 했다. 그러나 사흘째 되던 날 제인이 보낸 두 통의 편지를 한꺼번에 받고 나자 언니에 대한 원망과 불평이 한순간에 사라졌다. 한 통의 편지에는 다른 곳으로 잘못 배달되었다는 도장이 찍혀 있었다. 제인이 주소를 제대로 쓰지 않아서 생긴 일이었다.

편지가 도착했을 때 일행은 막 산책 나갈 채비를 하고 있었다. 그러나 외숙모 부부는 엘리자베스가 혼자 조용히 편지를 읽을 수 있도록 남겨 두고 나갔다. 엘리자베스는 잘못 배달되었던 편지부터 읽기 시작했다. 그 편지는 닷새 전에 쓴 것이었다. 편지 도입부에는 작은 파티와 모임 같은, 시골에서 흔히 들을 수 있는 소식이 적혀 있었다. 그러나 하루 뒤의 날짜가 적혀 있는 후반부에는 충격적인 소식이 적혀 있었다. 언니가 몹시 흥분한 상태에서 쓴 게 분명했다.

사랑하는 리지
위의 글을 쓰고 난 후에 생각하지 못했던 엄청난 사건이 일어났어. 우리는 모두 무사하니까 너무 걱정하지는 마. 내가 하려는 얘기는 가엾은 리디아에 관한 거야. 어젯밤 12시쯤 모두들 잠자리에 들고 난 후에 포스터 대령이 보낸 속달 편지가 도착했단다. 리디아가 그의 장교 한 사람과 도망을 쳤다는 내용이었어. 사실대로 말하면 바로 위컴 씨하고. 우리가 얼마나 놀랐을지 상상이 갈 거야. 그런데 키티는 전혀 예상하지 못했던 일은 아니었던 것 같구나. 정말 속상해 죽겠어. 어쩌면 둘 다 그렇게 경솔하게 행동할 수가 있니? 하지만 난 좋은 쪽으로 생각하고 싶어. 위컴 씨가 그렇게 나쁜 사람이 아니라고 믿고 싶어. 생각이 깊지 못하고 경솔한 건 분명하지만, 이번 일은 그렇게 나쁜 마음으로 저지른 일은 아닐 거야. (그건 다행이라고 생각하자.) 적어도 그가 리디아를 선택한 건 재산에 관심이 없었다는 거니까. 아버지가 리디아에게 물려주실 재산이 전혀 없다는 사실을 그 사람도 분명히 알고 있을 테니까 말이야. 가엾은 어머니는 슬픔에 잠겨 있단다. 아버지는 어머니보다는 잘 견디고 계셔. 두 분에게 위컴 씨에 관해 나쁜 얘기를 하지 않은 게 천만다행이었어. 우리도 그런 일은 잊어버리는 게 좋을 것 같구나. 두 사람은 토요일 밤 12시쯤 떠난 것 같아. 그런데 어제 아침 8시까지 아무도 그 사실을 몰랐대. 포스터 대령은 그 사실을 알자마자 곧바로 속달 편지를 보냈나 봐.

리지야, 지금쯤 두 사람은 여기서 10마일쯤 되는 거리 안에 있을 게 분명해. 포스터 대령이 곧 이곳을 방문할 것 같아. 리디아가 대령의 부인에게 그들의 계획에 대해 알려 주는 쪽지를 남겼대. 이제 그만 써

야겠다. 가엾은 어머니를 오랫동안 혼자 계시게 해
서는 안 될 것 같아. 편지가 두서가 없지? 나도 무슨
말을 썼는지 모르겠다.

첫 번째 편지를 읽고 나자 엘리자베스는 아무것도 생
각할 여유가 없었다. 자신의 기분이 어떤지 돌아볼 겨
를도 없이 그녀는 다음 편지를 집어 들고 급히 편지 봉
투를 뜯었다. 그 편지는 첫 번째 편지에 이어 다음 날 쓴
것이었다.

사랑하는 동생 리지에게
지금쯤이면 내가 급하게 쓴 편지를 받았겠지. 이 편
지는 첫 번째 편지보다 네가 이해하기 쉬웠으면 좋
겠다. 시간에 쫓기는 것도 아닌데 머릿속이 너무 혼
란스러워서 앞뒤가 맞게 쓸 수가 없구나. 사랑하는
리지야. 정말 무슨 말을 써야 할지 모르겠어. 더 나
쁜 소식이 있어. 더 이상 미룰 수가 없는 얘기야. 위
컴 씨와 가엾은 우리 리디아가 결혼하는 게 너무 성
급한 일이긴 하지만, 지금으로서는 두 사람이 결혼

하기만 바랄 수밖에 없구나. 두 사람이 스코틀랜드로 가지 않았을 거라고 짐작할 만한 근거가 많이 있어. 포스터 대령은 그저께 브라이턴을 출발해서 어제 우리 집에 오셨단다. 우리가 속달 편지를 받은 지 겨우 몇 시간 후에 도착하신 거야. 리디아가 포스터 부인에게 남긴 짧은 편지를 읽고 포스터 대령 부부는 두 사람이 그레트나그린으로 갔을 거라고 생각했는데, 데니라는 장교의 말로는 위컴이 그곳에 갈 생각이 전혀 없고, 더구나 리디아와 결혼할 의사는 눈곱만큼도 없다는 거야. 이 말을 들은 포스터 대령은 너무 놀라서 곧바로 그들의 뒤를 따라갈 작정으로 브라이턴을 출발하셨대. 클래펌까지는 어렵지 않게 추적할 수 있었지만 더 이상은 불가능했다는 거야. 두 사람이 그곳에 도착해서 엡섬에서부터 타고 온 마차를 버리고 다른 마차를 빌려 타고 갔대. 그 뒤로 들리는 소식은 런던으로 가는 길에서 본 사람이 있다는 게 전부야. 난 뭐가 뭔지 도무지 모르겠어. 포스터 대령이 런던 방면으로 온갖 수소문을 하고 나서 하트퍼드셔로 가셨는데 가는 도중에 바네트와

해트필드에 있는 여관을 샅샅이 뒤졌는데도 찾지 못했대. 그런 사람이 지나가는 걸 본 적도 없다고 했대. 너무 걱정이 돼서 롱본에 오셨는데, 정말 진심으로 염려하시는 것 같더라. 포스터 대령 부부를 생각하면 정말 가슴이 아파. 그분들을 비난할 사람은 아무도 없을 거야.

사랑하는 리지.

우리 가족은 너무 상심이 크단다. 아버지 어머니는 최악의 상황을 걱정하고 계셔. 하지만 난 위컴이 그렇게까지 나쁜 사람이라고 생각하고 싶지는 않아. 여러 가지 상황 때문에 처음 계획대로 하는 것보다 런던에서 비밀 결혼을 하는 게 더 낫다고 생각했을지도 몰라. 혹여 그 사람이 리디아 같은 양갓집 어린 아가씨에게 그렇게 나쁜 마음을 먹었다고 하더라도, 아니, 그럴 리는 없을 거야. 하여튼 만약 그렇다고 해도 리디아가 그렇게 철없는 짓을 하지는 않을 거라고 생각해. 절대로 그럴 리가 없어!

그렇지만 포스터 대령은 두 사람이 결혼할 거라고 믿지 않는 것 같아. 내가 두 사람이 결혼했으면 다행일 것 같다고 했더니 대령님은 고개를 저으면서 위컴이란 남자는 믿을 만한 사람이 못 된다고 하더구나.

불쌍한 어머니는 몸져누우셔서 방에서 꼼짝도 하지 못하신단다. 어머니가 기운을 내시면 좀 나을 것 같은데 그걸 기대할 수는 없을 것 같아. 난 지금껏 아버지가 그렇게 힘들어하시는 건 처음 봤어. 키티는 가엾게도 두 사람의 일을 숨겼다는 비난을 받고 있지만, 리디아에게 비밀을 지키겠다고 약속했을 테니까 어쩔 수 없었겠지.

사랑하는 리지.

너라도 이런 비극적인 상황을 겪지 않아서 정말 다행이야. 하지만 이제 처음 받았던 충격도 어느 정도 가라앉았을 테니까, 네가 돌아오기를 바란다고 말해도 괜찮겠지? 하지만 네 사정이 여의치 않은데 돌아오라고 강요할 만큼 이기적이지는 않단다.

잘 있어!

내가 조금 전에 하지 않겠다고 했던 말을 하려고 다

시 펜을 들었어. 상황이 상황인 만큼 거기 계신 분들 모두 가능한 대로 빨리 여기로 와 달라고 부탁하지 않을 수 없구나. 외삼촌과 외숙모가 어떤 분이신지 잘 아니까 이런 부탁을 드려도 될 거야. 삼촌께는 더 부탁드릴 일이 있어. 아버지가 포스터 대령과 함께 곧 런던으로 리디아를 찾으러 떠나실 거야. 어떻게 하실 생각인지 나도 모르겠어. 하지만 지금 아버지는 극도로 슬픔에 빠져 계셔서 안전하고 적절한 방법으로 일을 처리하지 못하실 것 같아 걱정스러워. 포스터 대령님은 내일 아침에 다시 브라이턴으로 돌아가셔야 한대. 이렇게 위급한 시기에 삼촌의 조언과 도움이 가장 큰 힘이 될 거야. 삼촌은 내 마음을 이해하고 도와주실 분이라고 믿어.

"삼촌이 어디 계실까?"

엘리자베스는 편지를 읽자마자 한시라도 지체할 수 없다는 생각에 의자에서 벌떡 일어났다. 그녀가 문으로 다가갔을 때 하인이 연 문으로 다아시가 들어왔다. 엘리자베스의 창백한 얼굴과 허둥대는 태도에 놀란 다아시가 정신을 차리고 뭔가 말을 꺼내기도 전에, 오로지 리디아의 일로 머리가 가득 차 있는 엘리자베스가 황급히 소리쳤다.

"죄송하지만 지금 밖에 나가 봐야겠어요. 당장 외삼촌을 찾아야 해요. 한시도 지체할 수 없는 일이 생겼어요."

"도대체 무슨 일이죠?"

예절을 갖추기에는 너무 감정이 격해진 그가 소리쳤다.

그러나 다음 순간 마음을 가라앉히고 말했다.

"시간을 지체하려는 게 아닙니다. 가디너 씨 부부를 찾으신다면 저나 하인에게 맡기세요. 지금 많이 안 좋아 보이십니다. 혼자서는 못 가십니다."

엘리자베스는 망설였지만 무릎이 떨려서 삼촌 부부를 찾으러 다닐 자신이 없었다. 그녀는 하인을 불러 자신도 무슨 말을 하는지 알아들을 수 없을 정도로 가쁜 숨을 몰아쉬며 빨리 가디너 씨 부부를 모셔 오라고 지시했다.

하인이 방에서 나가자 엘리자베스는 도저히 몸을 지탱할 수가 없어서 자리에 풀썩 주저앉았다. 그녀가 너무 상태가 안 좋아 보여서 다아시는 그녀의 곁을 떠날 수가 없었다. 그는 부드럽고 동정 어린 목소리로 말했다.

"하녀를 부르겠습니다. 뭘 좀 드시면 진정이 되시지 않을까요? 포도주를 한잔 드시는 게 어떨까요? 많이 안 좋아 보이십니다."

"아뇨, 됐어요."

그녀는 마음을 진정하려고 안간힘을 쓰면서 말했다.

"전 괜찮아요. 아무 문제없어요. 방금 롱본에서 끔찍한 소식을 들어서 놀란 것뿐이에요."

엘리자베스는 이 말을 하면서 울음을 터뜨렸다. 그리고 몇 분 동안 아무 말도 할 수 없었다. 다아시는 영문을 몰라 답답해하면서도 안타까운 심정으로 걱정스러운 말을 건네며 그녀를 지켜볼 수밖에 없었다. 그녀는 다시 진정하고 말을 시작했다.

"방금 제인 언니에게서 놀라운 소식을 전하는 편지를 받았어요. 이젠 숨길 수도 없게 됐네요. 제 막내 동생이 가족과 친구들을 버리고, 어떤 남자, 아니 위컴 씨와 도망쳤대요. 두 사람이 브라이턴에서 사라졌다는 거예요. 그 사람을 잘 아시니까 다른 사정은 짐작하시겠죠. 그 애는 돈도 없고, 내세울 만한 친척도 없어요. 위컴 씨가 혹할 만한 게 아무것도 없는데. 이제 제 동생의 인생은 다 끝난 거예요."

다아시는 너무 놀라서 몸이 굳어 버린 것 같았다.

"제가 그 일을 막을 수도 있었다는 생각을 하면 견딜 수가 없어요. 그 남자가 어떤 인간인지 알고 있었던 내가 조금이라도 가족들에게 그 사람에 대해 말해 주었다면, 그래서 가족들이 그 사람의 인간성을 알았더라면, 이런 일은 일어나지 않았을 거예요. 하지만 이젠 다 끝났어요. 너무 늦어 버렸어요."

"정말 마음이 아프군요. 너무 놀랍고 충격적인 일이라서 믿어지지가 않아요. 확실한 건가요?"

"네. 두 사람이 일요일 밤에 브라이턴으로 떠났고, 런던으로 간 것까지는 확인이 됐는데 그 이상은 추적이 안 된대요. 스코틀랜드로 가지 않은 것만은 분명해요."

"그럼 동생분을 찾기 위해 어떤 조치를 취했나요?"

"아버지가 런던으로 가셨어요. 제인 언니는 제게 외삼촌의 도움을 부탁하는 편지를 보냈고요. 저희는 30분 이내로 떠날 거예요. 그렇다고 무슨 방법이 있겠어요?

어쩔 도리가 없어요. 그런 남자를 어떻게 설득할 수 있겠어요? 그것보다 두 사람을 어떻게 찾아내겠어요? 아무 희망도 없어요. 정말 너무도 끔찍한 일이 일어난 거예요."

다아시는 그 말에 동의한다는 뜻으로 말없이 고개를 저었다.

"제 눈으로 그 사람의 본색을 확인했을 때, 그때 제가 해야 할 일이 뭔지 알았더라면, 그럴 용기가 있었더라면, 이런 무서운 일이 일어나지는 않았을 거예요. 전 정말 몰랐어요. 너무 두렵기도 했고요. 너무 끔찍하고 엄청난 실수를 저지른 거예요."

다아시는 아무 말도 하지 않았다. 그는 그녀의 말을 듣고 있지 않은 것처럼 보였다. 미간을 찡그린 채 심각한 표정으로 깊은 생각에 잠겨 방 안을 서성거리고만 있었다. 엘리자베스는 그런 모습을 보며 다아시가 무슨 생각을 하고 있는지 알 것 같았다. 이제 그의 마음을 사로잡을 수 있는 자신의 매력은 모두 사라졌다. 이렇게 수치스럽고 치명적인 가족의 약점이 드러난 이상, 그의 애정은 당연히 수치심과 환멸로 바뀔 것이다. 그것

은 지극히 당연한 일이었고, 그를 비난할 수도 없는 일
이었다. 다아시의 자제력에 대한 믿음도 그녀의 마음에
아무런 위안을 가져다주지 못했다. 그저 비참한 심정만
더할 뿐이었다. 오히려 그 일은 자신이 바라던 것이 무
엇이었는지 명확하게 이해할 수 있는 계기가 되었다.
모든 사랑이 물거품이 되어 버릴 수밖에 없는 이 순간
에, 그녀는 진실하게 그를 사랑할 수 있을 거라는 확신
이 들었다.

　자신의 사랑에 대한 염려가 잠시 머릿속에 떠오르기
는 했지만 그녀의 생각을 사로잡을 수는 없었다. 리디
아가 그들 모두에게 가져온 불행과 치욕이 엘리자베스
의 사사로운 걱정을 모두 삼켜 버렸다. 그녀는 손수건
으로 얼굴을 가린 채 잠시 다른 모든 일들은 잊어버리
고 있었다. 그리고 몇 분이 지나자 옆에 있던 사람의 목
소리를 듣고 겨우 제정신으로 돌아왔다. 그는 연민이
가득 담겨 있지만 충분히 자신을 절제하는 목소리로 말
했다.

　"아까부터 혼자 있고 싶어 하시는 게 아닌지 걱정스
러웠습니다. 제가 여기 있다고 해도 도움이 될 건 없지

만 저 역시 진심으로 걱정하고 있다는 걸 아셨으면 합니다. 위로가 될 수 있는 말이나 행동을 할 수 있으면 좋겠습니다만, 부질없는 말씀을 드려서 공치사를 받고 싶지는 않군요. 이런 불행한 일이 생겨서 제 누이동생이 펨벌리에서 뵙지는 못하겠네요."

"네, 다아시 양에게 저희를 대신해서 사과한다고 전해 주세요. 긴급한 일이 생겨서 곧바로 집으로 돌아갔다고요. 될 수 있으면 이 불행한 소식은 알리지 말아 주세요. 그렇게 오래 숨길 수 있는 일은 아니지만."

그는 비밀을 지키겠다고 그녀를 안심시켰다. 그리고 다시 한 번 그녀의 슬픔을 안타까워하는 마음을 전하고, 지금 생각할 수 있는 것보다 더 좋은 쪽으로 일이 마무리되길 바란다는 것과 그녀의 친척들에 대한 안부의 말을 하고 진지한 표정으로 그녀를 한번 쳐다보고는 가 버렸다.

그가 방을 떠나고 나자, 엘리자베스는 이제 다아시를 더비셔에서 몇 번 만났을 때처럼 다정하게 재회하는 건 불가능한 일이라고 생각했다. 그녀는 모순과 반전으로 이어졌던 다아시와의 만남을 되돌아보며 자신의 얄궂은 감정에 저절로 한숨을 내쉬었다. 이전에는 끝나기를 바라던 그와의 인연이 지금은 지속될 수 있기를 바라는 자신이 한심하고 어이없게 느껴졌다.

감사하는 마음과 존경심이 애정의 기반이 될 수 있다면, 엘리자베스의 감정의 변화는 전혀 있을 수 없는 일도, 잘못된 일도 아닐 것이다. 하지만 흔히 말하는 것처럼 사랑이란 감정이 상대방을 처음 만나 두 마디 말을 채 건네기도 전에 생기는 그런 감정이라면, 감사나 존중에서 비롯된 감정이 자연스럽고 진정한 애정이 아니라면, 엘리자베스의 감정적인 변화는 한 가지로밖에는 설명될 수 없을 것이다. 위컴에 대한 편파적인 호감에서 비롯된 자연 발생적인 애정의 방편을 모색하다가 실패하자, 그보다는 무미건조한 감정이지만 인격적인 신뢰를 바탕으로 하는 애정의 방편을 택하게 되었다는 변론밖에 제시할 수 없을 것이다. 어떻든 그녀가 다시 그의 떠나가는 모습을 아쉬운 마음으로 바라본 건 사실이었다. 리디아의 수치스러운 행실이 초래할 결과를 생각하자 그 일이 더더욱 고통스럽게 다가왔다.

제인이 두 번째 보낸 편지를 읽은 후 엘리자베스는

위컴이 리디아와 결혼할 의향이 있을 거라는 기대를 손톱만큼도 품지 않았다. 그런 헛된 희망으로 위안을 삼을 사람은 제인 이외에는 아무도 없었다. 일이 이렇게 전개된 것은 엘리자베스에게는 조금도 놀랄 일이 아니었다. 첫 번째 편지의 내용이 머릿속에 남아 있는 동안 그녀가 느낀 감정은 단지 충격뿐이었다. 위컴이 왜 결혼을 해도 돈을 얻을 가능성이 없는 여자와 결혼할 생각을 했는지, 리디아가 어떻게 그의 마음을 얻을 수 있었는지 그녀로서는 도저히 이해가 가지 않았다. 그러나 이제 모든 일이 너무도 자연스럽게 이해되었다. 이런 경박한 애정이라면 리디아에게 그를 유혹할 만한 매력이 있다고 생각되었다. 그리고 리디아가 결혼할 생각도 없이 도피 행각에 나서지는 않았겠지만, 리디아의 도덕심이나 판단력이 그녀를 손쉬운 먹잇감이 되지 않도록 자신을 보호할 수는 없었을 거라고 생각하는 건 그리 어렵지 않은 일이었다.

군부대가 하트퍼드셔에 주둔하고 있는 동안에는 리디아가 위컴을 특별히 좋아하고 있다는 사실을 눈치채지 못했지만, 그녀가 작은 자극에도 쉽게 마음을 줄 수 있다는 건 분명한 사실이었다. 누구든 자신에게 관심을 보이면 그 관심의 정도에 따라 이 장교에서 금방 다른 장교에게로 마음을 옮길 수 있는 리디아였다. 그녀의 애정은 끊임없이 오락가락했지만 대상이 분명하지 않았던 적은 없었다. 그런 소녀를 무관심하게 방치한 결과가 얼마나 엄청난 것인지 그녀는 뼈저리게 절감하고 있었다.

그녀는 한시라도 빨리 집으로 돌아가고 싶어 견딜 수가 없었다. 집에 가서 모든 일을 직접 자신의 귀로 듣고 자신의 눈으로 확인하고 싶었다. 온통 아수라장이 된 집에 아버지는 안 계시고, 어머니는 속수무책으로 오히려 보살핌을 받아야 할 형편이었다. 그런 상황을 혼자 감당하고 있는 제인의 무거운 짐을 함께 나눠야 했다. 리디아의 문제를 해결할 방책이 전혀 없다는 생각이 들면서도 지금으로서는 삼촌이 나서 주는 게 가장 중요한 일일 것 같았다. 외삼촌이 방으로 들어설 때까지 엘리자베스는 극도로 고통스러운 심정이었다. 가디너 씨 부부는 하인의 전갈을 받고 조카딸이 갑자기 병이 났다고 생각해서 황급히 집으로 돌아왔다. 엘리자베스는 자신이 아픈 게 아니라고 가디너 씨 내외를 안심시키고, 급히 두 사람을 불러들인 이유를 편지를 읽는 걸로 설명을 대신했다. 그녀는 두 통의 편지를 소리 내어 읽었다. 마지막 추신을 억지로 힘주어 읽는 그녀의 목소리가 떨렸다. 가디너 부부는 특별히 리디아를 좋아하지는 않았지만 이 소식을 듣자 크게 상심했다. 이 사건은 단지 리디아의 일만이 아니라 모두에게 영향을 미칠 수 있는 일이었다. 가디너 씨는 놀라고 기막혀하며 탄식하면서 자신이 할 수 있는 대로 돕겠다고 약속했다. 엘리자베스는 삼촌이 당연히 그럴 거라고 기대했지만 눈물을 흘리면서 감사했다. 세 사람은 한마음이 되어 여행에 관련된 일들을 신속하게 진행했다. 그들은 가능한 한 일찍 그곳을 출발하기로 했다.

"펨벌리 일은 어떻게 하지?"

가디너 부인이 물었다.

"네가 우리를 부르러 사람을 보낼 때 다아시 씨가 여기 있었다고 존이 말하던데."

"네, 제가 다아시 씨에게 약속을 지키지 못하게 됐다고 얘기했어요. 그 일은 이미 다 해결됐어요."

"뭐가 해결되었다는 거지?"

가디너 부인은 떠날 채비를 하기 위해 방으로 달려가면서 이 말을 되뇌었다.

"사실대로 모두 털어놓을 정도로 두 사람이 가까운 사이란 말인가? 도대체 어떤 관계인지 궁금해 죽겠네."

그녀는 궁금증을 풀 수는 없었지만 떠날 채비를 하느라 정신없이 분주한 속에서도 그 생각 때문에 약간은 즐거운 기대감이 들었다. 시간적인 여유가 있었더라면 엘리자베스는 자신의 상황이 너무 비참해서 아무 일도 손에 잡히지 않았을 것이었다. 그러나 그녀는 외숙모만큼이나 할 일이 많았다. 그중에는 램턴에 있는 지인들에게 갑자기 떠나게 된 이유를 꾸며 내서 쪽지를 쓰는 일도 포함되어 있었다. 한 시간 안에 모든 준비가 끝났다. 그 동안에 가디너 씨는 여관비를 계산했고 이제 떠날 일만 남아 있었다. 오전 내내 비통한 심경에 잠겨 있던 엘리자베스는 생각보다 빨리 롱본으로 가는 마차에 오르게 되었다.

## 5

마차가 마을을 벗어나자 가디너 씨가 말문을 열었다.

"다시 진지하게 생각해 보니 말이다, 네 언니 생각이 옳다는 쪽으로 마음이 기울더구나. 엄연히 가족과 친구들이 있는데 그것도 자기 부대장 집에 묵고 있던 아가씨를 그런 식으로 꾀어낼 청년은 없을 것 같다는 생각이 든다. 그래서 난 가장 좋은 쪽으로 생각하기로 했다. 그 청년도 리디아의 가족이나 친구들이 가만히 있지는 않을 거라고 생각하지 않았겠니? 포스터 대령을 그렇게 모욕하고 다시 부대로 돌아갈 수 있을 거라는 생각은 감히 못했을 거다. 그런 위험까지 감수하고 리디아를 꾀어내지는 않았을 거야."

"정말 그럴까요?"

엘리자베스의 목소리가 잠시 밝아졌다.

"나도 네 삼촌과 같은 생각이야. 그런 짓을 하면 그 사람의 체면이나 명예에 치명적인 상처를 입게 될 테고, 결과적으로 자신에게 이득이 될 게 전혀 없지 않니? 위컴이 그렇게까지 나쁜 사람이라고는 생각되지 않는구나. 리지, 네 생각은 어떠니? 정말 그가 그런 짓을 할 수 있는 남자라고 생각하는 거냐?"

"자기 이익을 무시할 사람은 아니라고 생각해요. 하지만 다른 점에서는 충분히 그럴 수 있는 사람이에요. 숙모 말씀이 맞다면 얼마나 다행이겠어요? 하지만 전 그렇게 믿어지지가 않아요. 그럼 왜 스코틀랜드로 가지 않았겠어요?"

"무엇보다 두 사람이 스코틀랜드로 가지 않았다는 확실한 증거가 없지 않으냐?"

가디너 씨가 말했다.

"그렇긴 하죠. 하지만 타고 가던 마차를 버리고 다른 마차를 빌려 탄 걸 보면 알 수 있지 않나요? 게다가 바네트로 가는 길에서 두 사람의 흔적을 찾지 못했다고 하잖아요."

"그럼, 두 사람이 런던에 있다고 가정하고 얘기해 보자. 숨어 있을 목적으로 그곳에 있을 수도 있지. 다른 목적이 있을 리가 없으니까 말이다. 그렇다고 해도 두 사람 다 돈을 많이 가지고 있지는 않을 테고. 그래서 스코틀랜드보다 런던에서 결혼하는 편이 좀 늦기는 하지만 경제적이라고 판단했을 수도 있어."

"그렇다면 왜 모든 걸 비밀리에 해야 하는 거죠? 탄로 날까 봐 두려워하는 이유가 뭘까요? 결혼을 몰래 해야 할 이유가 없잖아요. 아니에요. 그렇지 않을 거예요. 언니가 편지에 쓴 걸 보면 위컴과 제일 친한 친구도 위컴이 리디아와 절대 결혼하지 않을 거라고 단언했대요. 위컴은 절대로 돈이 없는 여자와 결혼할 남자가 아니에요. 자신이 경제적인 여유가 없으니까요. 리디아가 젊고 건강하고 성격이 좋다는 것밖에는 그 남자가 다른 조건 좋은 결혼을 포기할 만한 매력이 있는 것도 아니잖아요. 정말 부대 안에서 당할 수치심 때문에 리디아와 도망가지 않았을 거라고 생각해야 하는 건지 판단할 수가 없어요. 이런 행동이 군인에게 어떤 결과를 가져오는지 전 아는 게 없으니까요. 하지만 삼촌이 말씀하신 다른 반론들은 맞지 않는다고 생각해요. 리디아에게 나서 줄 만한 남자 형제가 있는 것도 아니고, 아버지가 평소에 집안에 무슨 일이 일어나든 신경 쓰지 않는 걸로 봐서 이런 일이 일어나도 다른 아버지들처럼 적극적으로 나서지 않을 거라고 생각했는지도 모르죠."

"그럼 리디아가 모든 걸 버리고 결혼도 안 한 상태로 그 사람하고 함께 살기로 작정할 만큼 그 남자를 사랑한다고 생각하는 거냐?"

"이런 문제에서 제 동생의 도덕성과 정조 관념을 의심해야 한다는 게 정말 가슴 아픈 일이에요."

엘리자베스는 눈물을 글썽거리면서 대답했다.

"하지만 정말 무슨 말씀을 드려야 할지 모르겠어요. 어쩌면 제가 리디아를 잘못 판단하고 있는 건지도 모르죠. 하지만 리디아는 너무 어려요. 이런 중대한 문제를 어떻게 생각해야 하는지 아직 배우지 못했어요. 지난 반년 동안, 아니 열두 달 동안 리디아는 재미와 허영밖에 배운 게 없어요. 가치 없고 하찮은 일에 시간을 낭비하고 자기 멋대로 행동했어요. 메리턴에 군부대가 주둔

한 이후로는 머릿속에 장교들과 연애니 사랑이니 하는 것들만 가득 차 있었어요. 오로지 그런 일만 생각하고 말하는 데 열을 올리다 보니, 뭐랄까, 그러니까 타고난 발랄한 성격이 애정 문제에 더 민감해진 거죠. 위컴이 여자들의 혼을 쏙 빼놓을 만큼 인물이나 말솜씨가 매력적이라는 건 모두가 인정하는 사실이잖아요."

"하지만 제인은 위컴이 그런 짓을 할 만큼 나쁜 사람은 아니라고 하더구나."

"언니가 나쁘게 생각하는 사람이 어디 있겠어요? 과거에 어떤 짓을 했건 그 사람의 소행이 확실히 드러나기 전까지는 누구도 의심하지 않는 게 언니 성격이잖아요. 하지만 언니도 위컴이 실제로 어떤 사람인지 저만큼 잘 알고 있어요. 우리 둘 다 그 남자가 말 그대로 바람둥이고 불성실하고 몰염치하고 게다가 남의 환심을 사기 위해서 거짓말과 속임수를 일삼는 사람이라는 걸 이미 알고 있었어요."

"그런 사실을 정말 알고 있었다는 거냐?"

가디너 부인은 그런 사실을 알게 된 경위가 궁금하다는 표정으로 큰 소리로 말했다.

엘리자베스는 얼굴을 붉히며 대답했다.

"네, 제가 다아시 씨의 파렴치한 행동에 관해 말씀 드린 적 있었죠? 그리고 지난번에 롱번에서 외숙모도 위컴이 다아시 씨에 대해 어떻게 말하는지 들으셨죠? 자기한테 끝까지 관대하게 대해 준 사람을 사정없이 깎아내리는 걸 들으셨잖아요. 지금 말씀드릴 수는 없지만 다른 일도 있어요. 그건 정말 언급할 만한 가치도 없는 일이에요. 펨벌리 가문에 대해 그 사람이 늘어놓는 거짓말은 일일이 열거할 수 없을 정도예요. 저는 그 사람이 다아시 양에 대해 하는 말만 믿고, 거만하고, 무뚝뚝하고, 기분 나쁜 아가씨를 만나게 될 거라고 생각하고 있었어요. 하지만 그 사람은 다아시 양이 자신의 말과는 정반대라는 걸 알면서도 그런 말을 했던 거예요. 우리가 본 것처럼 다아시 양이 상냥하고 순진한 아가씨라는 걸 그 사람이 모를 리가 없잖아요."

"그런데 어째서 리디아는 그런 사실을 전혀 모르고 있었다는 거냐? 너하고 제인이 그렇게 잘 알고 있는 사실을 어떻게 리디아는 까맣게 모를 수가 있지?"

"그게 제가 가장 잘못한 일이에요. 켄트에서 다아시

44

씨와 그분의 사촌인 피츠윌리엄 대령을 알게 되기 전까지는 저도 그런 사실을 전혀 몰랐어요. 집에 돌아오니까 2주일 내로 군대가 메리턴을 떠난다고 하더군요. 그래서 저나 언니나 일부러 그런 사실을 알릴 필요는 없다고 생각했어요. 이웃 사람들이 모두 그 사람에 대해 좋게 생각하고 있는데 굳이 그런 생각을 뒤집어 봐야 좋을 게 없을 것 같았거든요. 리디아가 포스터 대령 부인과 함께 가기로 했을 때도 그 사람의 본모습을 리디아에게 알려 줘야 한다는 생각을 못했어요. 그 애가 그런 속임수에 넘어갈 거라고는 생각지 못했던 거죠. 외숙모는 절 믿어 주시겠지만, 이런 결과가 생길 거라고는 정말 꿈에도 생각지 못했어요."

"그러니까 군부대가 브라이턴으로 떠날 때만 해도 두 사람이 서로 좋아하고 있다고 생각할 만한 근거가 없었다는 거로구나."

"네, 전혀 그럴 만한 낌새가 없었어요. 두 사람이 좋아하고 있다고 느낄 만한 게 아무것도 없었어요. 그런 눈치를 챘다면 우리 가족이 그냥 넘겨 버렸을 리가 없잖아요. 처음 위컴이 군부대에 입대했을 때 리디아가 홈

모했던 건 사실이에요. 하지만 그때는 우리 모두 그랬
거든요. 메리턴 근방에 사는 여자들은 처음 두 달 동안
그 남자에게 정신이 쏙 빠져 있었죠. 위컴에 대한 리디
아의 마음도 식어 버렸다고 생각했어요. 리디아는 자기
한테 더 관심을 보이는 다른 부대의 남자들을 좋아했
어요."

　같은 얘기를 아무리 반복해도 리디아에 대한 걱정과
희망의 새로운 실마리가 나올 리 없었지만, 그들은 여
행하는 내내 다른 화제에 관해서는 한마디도 이야기를
나눌 수가 없었다. 엘리자베스의 머릿속에서는 그 일이
떠나지 않았다. 심한 고통과 자책에 사로잡혀서 엘리자
베스는 한순간도 마음을 편하게 먹을 수 없었고 이 문
제를 잊어버릴 수 없었다. 그들은 최대한 빠른 속도로
달려서, 마차 안에서 하룻밤을 지내고 다음 날 저녁 식
사 무렵에 롱본에 도착했다. 제인을 너무 오래 기다리
게 해서 기진맥진하게 만들지 않은 게 그나마 엘리자베
스에게는 위안이 되었다.

　집 앞 층계에서 마차가 목장으로 들어오는 모습을 정

신없이 지켜보고 있던 가디너 씨의 아이들은 마차가 문 앞에 도착하자 기쁘고 반가운 마음에 얼굴이 환해지며 깡충깡충 뛰며 온몸으로 반가움을 표시하며 그들을 환영했다.

엘리자베스는 마차에서 뛰어내려 아이들 한 명 한 명에게 입을 맞춰 주고 급히 현관으로 달려 들어갔다. 제인은 어머니의 방에서 나와 계단을 뛰어 내려와 엘리자베스를 맞았다.

두 자매는 눈물이 가득 고인 눈으로 서로 애틋하게 포옹을 나누었고, 엘리자베스는 도망간 두 사람에 관해 새로운 소식이 없는지 물었다.

"아직 아무 소식이 없어. 이제 외삼촌이 오셨으니까 다 잘될 거라고 믿고 싶어."

"아버지는 런던에 계신 거야?"

"응, 편지에 쓴 대로 화요일에 런던에 가셨어."

"아버지한테서는 자주 소식이 오는 거야?"

"아니, 한 번밖에 못 받았어. 수요일에 몇 자 적어 보내시긴 했는데, 무사히 그곳에 도착했다면서 그곳 주소를 보내 주신 게 전부야. 내가 아버지 계신 곳의 주소를 알려 달라고 부탁했거든. 그리곤 특별히 전할 만한 소식이 있기 전에는 편지하지 않으시겠다고 했어."

"어머니는? 어머니는 어떠셔?"

"그런대로 잘 견디고 계셔. 큰 충격을 받으시긴 했지만. 지금 2층에 계셔. 너를 보면 무척 반가워하실 거야. 아직 방에서 나오시지는 못해. 다행히도 메리와 키티는 괜찮아."

"언니는 어때? 얼굴이 창백해. 너무 힘들었지?"

제인은 건강하다고 동생을 안심시켰다. 가디너 씨 부부가 아이들을 돌보고 있는 동안 이어지던 두 사람의 대화는 사람들이 다가오자 중단되었다. 제인은 외삼촌과 숙모에게 달려가 웃음과 눈물을 섞어 가며 고마움을 표현했다.

모두들 거실로 들어서자 가디너 씨 부부는 엘리자베스에게 했던 질문을 다시 제인에게 되풀이했다. 그러나 역시 새로운 소식은 없었다. 제인은 여전히 위컴에 대해 관대한 생각을 버리지 않고 낙관적인 기대를 하고 있었다. 그녀는 모든 일이 결국에는 잘 끝날 거라고 믿었다. 매일 아침 리디아나 아버지에게서 현재 처한 상황이나 결혼을 알리는 편지가 올 거라고 기다렸다.

잠시 대화를 나누고 베넷 부인의 방으로 들어서자 예상했던 대로 어머니는 눈물과 한탄을 쏟아 내며 위컴의 악랄한 행동을 비난하고 자신이 얼마나 고통스럽고 힘든지 불평을 늘어놓았다. 그리고 정작 딸을 제멋대로 행동하도록 기른 장본인인 자신은 빼놓고 다른 사람들의 잘못만 비난했다.

"내가 말했던 것처럼 우리 가족이 모두 브라이턴으로 갔더라면 이런 불상사는 일어나지 않았을 거야. 불쌍한 리디아를 챙겨 줄 사람이 아무도 없었어. 포스터 부부는 그 애를 왜 그냥 가게 내버려 두었을까? 두 사람이 리디아한테 소홀했던 게 틀림없어. 누군가 잘 돌봐 주었다면 리디아는 절대 그런 짓을 할 아이가 아니야. 난 그 사람들이 리디아를 맡길 만한 사람들이 아니라고 생각했었는데, 늘 그랬던 것처럼 내 말은 뒷전으로 밀리고 말았어. 가엾은 내 새끼! 애아버지가 그 작자를 찾으러 나가셨으니 만나기라도 하면 결투가 벌어질 게 뻔하고 그러다가 돌아가시기라도 하는 날엔 우리는 어떻게 되는 거니? 그 양반이 무덤에서 몸이 싸늘하게 식기도 전에 콜린스 내외가 우리를 집에서 쫓아낼 거다. 동생 네마저 우리를 모른 체하면 우린 정말 갈 곳이 없어."

모두들 베넷 부인에게 그런 끔찍한 말은 하지 말라고 입을 모았다. 가디너 씨는 베넷 부인과 가족에 대한 애정을 확인시켜 주면서 다음 날 런던으로 가서 베넷 씨를 도와 리디아를 구하는 일에 모든 노력을 다해 보겠노라고 말했다.

"너무 지나치게 걱정하지 마세요. 최악의 사태에 대비하는 건 좋지만 그런 상황이 닥칠 거라고 미리 단정할 필요는 없어요. 두 사람이 브라이턴을 떠난 지 아직 일주일도 안 됐잖아요. 며칠 더 기다려 보면 소식이 있을 겁니다. 두 사람이 결혼하지 않았고, 결혼할 생각이 없다는 걸 확인하기 전까지는 너무 부정적으로 생각하지 않는 게 좋을 것 같아요. 런던에 도착하면 곧바로 매형을 찾아가서 그레이스처치가에 있는 집으로 모시고 갈 생각이에요. 거기서 어떤 조치를 취할 건지 같이 의논해 볼게요."

"그래, 내가 바라던 게 바로 그거야. 런던에 도착하거든 두 사람이 어디에 있든지 꼭 찾아내렴. 아직 결혼을 하지 않았으면 꼭 결혼을 시켜야 해. 결혼 예복 때문에 기다리게 하지 말고 리디아에게 결혼한 다음에 옷 살 돈은 얼마든지 주겠다고 해라. 그리고 무엇보다 매형이 싸우지 않도록 말려야 한다. 내가 지금 얼마나 힘든 상태에 있는지 얘기해 줘. 내가 너무 놀라서 제정신이 아니라고, 온몸이 떨리고 옆구리가 결리고 머리도 아프고 가슴이 마구 뛰어서 낮이고 밤이고 편히 쉴 수가 없다고 말이야. 리디아한테는 나를 만나기 전에는 옷을 주문하지 말라고 전해 줘. 그 애는 어느 옷가게가 좋은지 모르니까 말이다. 네가 있어서 얼마나 다행인지 모르겠다. 네가 다 잘 해결해 줄 거라고 믿는다."

가디너 씨는 최선을 다하겠다고 다시 다짐하면서도 걱정이나 기대를 지나치게 하지 말라고 설득했다. 저녁 식사가 식탁 위에 차려질 때까지 이런 얘기를 나누다가 베넷 부인을 방에 남겨 두고 나왔다. 그녀는 딸이 없을 때에는 가정부에게 자신의 감정을 온통 다 쏟아붓고 있었다.

가디너 씨 부부는 베넷 부인이 가족들과 격리되어 있을 필요는 없다고 생각했지만 굳이 반대하려고 하지도 않았다. 하인들이 식사 시중을 들고 있는 동안 베넷 부인이 말을 가려서 할 만큼 진중한 성격이 못 된다는 걸 알고 있기도 했고, 믿을 만한 가정부가 그녀의 걱정과 불평을 받아 주는 게 낫다고 판단했다.

각자 방에서 자기 볼일로 바쁘던 메리와 키티가 식당에 모습을 나타냈다. 메리는 책을 읽다가 왔고 키티는 화장을 하던 중이었다. 둘 다 얼굴 표정은 침착해 보였다. 좋아하던 동생이 사라진 것이 걱정스러워서인지, 이런 일이 생긴 게 화가 나서인지 키티의 말투가 평소보다 짜증스러운 것 이외에는 달라진 구석이 하나도 없었다. 메리는 사람들이 모두 식탁에 앉자 어른스러운 태도로 진지한 표정을 지으며 엘리자베스에게 속삭였다.

"이건 정말 불행한 일이고 들려오는 말들이 많을 거야. 하지만 우리는 여기서 악의의 물결을 가로막고 자매로서 상처받은 서로의 가슴에 위로의 향유를 부어 넣어야 해."

그녀는 이렇게 말하고 나서 엘리자베스가 아무런 대꾸도 하지 않자 덧붙였다.

"이 일은 리디아에게는 불행한 사건이 틀림없지만,

우리는 이 사건에서 유용한 교훈을 도출해 내야 해. 여성에게 있어서 정조의 상실은 회복할 수 없다는 것과 한 번 잘못 발을 들여놓으면 영원히 파멸에 빠질 수밖에 없다는 것, 그리고 여성의 평판은 아름다움만큼이나 부서지기 쉽다는 것, 그럴 만한 가치가 없는 남성에 대해서 행동을 조심하는 건 절대적으로 필요한 덕목이라는 것 말이야."

엘리자베스는 어이가 없어서 눈을 크게 치켜떴지만 그녀에게 대꾸할 기운조차 없었다. 그러나 메리는 사람들 앞에서 이 사건으로부터 도덕적인 교훈을 이끌어 내는 것으로 자기만족을 삼는 것처럼 보였다.

오후에 베넷가의 맏딸과 둘째 딸은 30분 정도 두 사람만의 시간을 가질 수 있었다. 엘리자베스는 이 시간에 여러 가지 궁금했던 질문을 할 수 있었고 제인은 열심히 대답해 주었다. 두 사람은 이 일이 가져올 두려운 결과에 대해 탄식을 늘어놓았다. 엘리자베스는 그런 결과를 거의 확신하고 있었고, 제인 역시 절대 그럴 리가 없다고 부정하지는 못했다. 엘리자베스는 이런 말로 화제를 이어 나갔다.

"내가 아직 듣지 못한 얘기를 빠짐없이 들려줘야 해. 더 자세히 말해 봐. 포스터 대령이 뭐라고 말했어? 두 사람이 도망가기 전에 전혀 그런 낌새를 눈치채지 못했대? 두 사람이 항상 같이 있는 걸 봤을 거 아냐."

"포스터 대령은 리디아가 특히 위컴을 좋아하는 게 아닌지 의심하기는 했지만 특별히 걱정할 만한 일은 없었대. 그분도 참 안됐어. 정말 친절하고 배려심이 깊은 분인데 말이야. 두 사람이 스코틀랜드로 가지 않았다는 생각이 들기도 전에 우리한테 함께 걱정하고 있다는 걸 알려 주기 위해 우리 집까지 오셨어. 두 사람의 일이 점점 커지는 것 같으니까 서둘러서 떠나신 거야."

"데니 씨가 위컴은 절대 결혼하지 않을 거라고 말했다면서. 둘이 도망칠 계획이라는 걸 알고 있었대? 포스터 대령이 직접 데니 씨를 만난 거야?"

"응, 만났대. 그런데 직접 물어보니까 두 사람의 계획에 대해서 아무것도 모른다고 하면서 진짜 속마음은 얘기하지 않더래. 두 사람이 결혼하지 않을 거라는 말을 반복하지는 않더라는 거야. 그런 걸로 봐서 난 그 사람이 잘못 알았을지도 모른다고 생각해."

"그럼 포스터 대령이 직접 우리 집에 오기 전까지는 아무도 두 사람이 진짜 결혼할 거라는 걸 조금도 의심하지 않았다는 거야?"

"어떻게 그런 생각이 머릿속에 떠오를 수 있겠니? 내 동생이 그런 남자와 결혼해서 행복할 수 있을까 걱정되고 두렵긴 했어. 위컴 씨가 항상 옳은 행동을 하지는 않았다는 걸 알고 있었으니까. 아버지 어머니는 그 사실을 전혀 모르셨잖아. 그냥 이 결혼이 너무 경솔한 일이라고만 생각하셨지. 키티는 자기가 다른 식구들보다 더 많이 알고 있다는 게 자랑스럽기라도 한 것 같더구나. 리디아가 마지막으로 쓴 편지를 보고 이런 일이 일어날 걸 예상했다고 말했어. 두 사람이 이미 몇 주 전부터 서로 좋아하고 있는 걸 알았던 것 같아."

"두 사람이 브라이턴으로 가기 전에는 몰랐겠지?"

"그래, 그랬을 거야."

"포스터 대령도 위컴을 나쁘게 생각하는 것 같았어? 위컴이 진짜 어떤 사람인지 알고 계셔?"

"솔직히 전처럼 위컴 씨를 좋게 말씀하시지는 않았어. 방탕하고 낭비벽이 심하다고 했어. 이런 엄청난 사건이 일어난 후에 위컴 씨가 메리턴을 떠날 때 큰 빚이 남아 있었다는 말이 들려왔어. 난 이 말은 사실이 아니길 바라고 있어."

"언니, 우리가 알고 있는 얘기를 감추지 않고 얘기했더라면 이런 일은 일어나지 않았겠지?"

"그랬더라면 좋았겠지. 하지만 그때는 누구의 일이든 그 사람이 현재 어떤 마음인지 모르면서 지난 잘못을 폭로하는 건 부당한 일이라고 생각했어. 우린 좋은 마음으로 그렇게 한 거잖아."

"포스터 대령이 리디아가 부인에게 남겼다던 쪽지 내용을 자세히 말해 주셨어?"

"응, 직접 가져와서 우리에게 보여 주셨어."

제인은 지갑에서 편지를 꺼내 엘리자베스에게 건네주었다.


해리엇 언니께

제가 어디로 가는지 아시면 분명 웃으실 거예요. 내일 아침 제가 없어진 걸 알고 놀라실 걸 생각하면 저도 웃음을 참을 수 없네요. 저는 그레트나그린으로 갈 거예요. 제가 누구하고 가는지 맞추지 못하신다면 전 언니를 바보라고 생각할 거예요. 제가 이 세상에서 사랑하는 사람은 천사 같은 그 남자 한 사람뿐이니까요. 저는 그 사람이 없으면 절대로 행복할 수 없어요. 그래서 함께 떠나는 걸 잘못이라고 생각하지 않아요. 원하지 않으시면 제가 떠났다는 걸 롱본에 알리지 않으셔도 상관없어요. '리디아 위컴'이라고 서명한 편지를 보내면 가족들이 더 깜짝 놀랄 테니까요. 얼마나 재미있어 할까요? 웃음이 나와서 더 쓸 수가 없네요. 프랫에게는 내일 밤 함께 춤추기로 한 약속을 못 지키게 돼서 미안하다고 전해 주세요. 사정을 모두 알고 나면 이해해 줄 거라고 믿어요. 다음에 무도회에서 만나면 기꺼이 함께 춤을 추겠다고 전해 주세요. 롱본에 도착하면 옷을 가지러 사람을 보내겠어요. 짐을 챙기기 전에 샐리에게 수놓은 제 모슬린 드레스의 터진 곳을 수선해 달라고 해 주세요. 안녕히 계세요. 포스터 대령님께도 안부 전해 주시고요. 저희들의 행복한 여행을 위해 축배를 들어 주세요.

"어쩜 이렇게 철이 없을까. 정말 한심해!"

엘리자베스는 편지를 다 읽고 나서 소리쳤다.

"그런 상황에서 어떻게 이런 편지를 쓸 수가 있지? 그래도 자기들이 떠나는 문제를 진지하게 생각한 것 같기는 하네. 나중에 위컴이 어떻게 설득했는지는 모르지만 리디아가 그런 몰상식한 짓을 꾸민 건 아니었어. 아버지는 얼마나 속이 상하셨을까?"

"말도 못하게 큰 충격을 받으셨어. 10분 동안이나 아무 말씀도 못하시더구나. 어머니는 당장 몸져누우셨고. 온 집안이 완전히 난장판이었단다."

"그런데 그날 하루 동안 이 사실을 알았던 하인이 한 사람도 없었을까?"

"모르겠어. 있었을지도 모르지. 그 와중에 그런 일까지 신경 쓸 여유가 있었어야지. 어머니는 히스테리를 일으키고 난 어떻게든 진정시키려고 했지만 마음처럼 되지 않았어. 더 잘할 수도 있었을 텐데. 어떤 일이 벌어질지 너무 겁이 나서 기운이 다 빠져 버렸어."

"어머니를 보살피는 일은 언니에게 너무 벅찼을 거야. 언니 지금 너무 힘들어 보여. 이제 내가 옆에 있으니까 걱정하지 마. 그동안 언니 혼자 모든 걱정과 짐을 떠맡았으니 얼마나 힘들었겠어."

"메리하고 키티가 마음을 많이 써 주었단다. 힘든 일은 같이 거들어 주려고 했어. 하지만 그 애들한테 그런 일을 시키는 건 내가 내키지 않더구나. 키티는 너무 가날프고 몸도 약하잖니? 메리는 어찌나 공부를 열심히 하는지 쉬는 시간을 빼앗기가 미안했어. 아버지가 떠나신 후 화요일에 필립스 이모가 오셔서 목요일까지 같이 있어 주셨어. 이모가 우리들한테 큰 힘이 되어 주셨단다. 루카스 부인께서도 신경을 써 주셨어. 수요일 아침에 우리 집까지 걸어오셔서 위로해 주셨단다. 그리고 필요하다면 자기 딸들에게도 우리를 돕게 하겠다고 말씀하셨어."

"그냥 집에 계시는 편이 좋았을 텐데."

엘리자베스가 큰 소리로 말했다.

"물론 좋은 뜻으로 하신 일이겠지만, 이런 불상사가 생겼을 때는 이웃 사람들을 만나지 않는 게 상책이야.

그럴 때 도움을 받는다는 건 불가능한 일이야. 위로해 주는 말도 참기 힘들고. 그냥 멀리 떨어진 곳에서 우리를 보며 승리감이나 즐기면 되는 거 아닌가."

엘리자베스는 이렇게 말하고 나서 아버지가 런던에 계시는 동안 어떤 방법으로 리디아를 찾으려고 하시는지 물었다.

"내가 보기엔 두 사람이 마지막으로 마차를 바꿔 탄 엡섬에 가서 마부들을 만나 보고 그 사람들에게 뭔가 알아내실 작정인 것 같았어. 클래펌에서 두 사람을 태웠던 마차의 번호를 알아내시려는 거겠지. 런던에서 온 손님을 태운 마차래. 젊은 남녀가 마차를 갈아타는 모습이 분명히 사람들 눈에 띄었을 거라고 생각하신 거야. 클래펌에서 수소문해 볼 작정이셨던 것 같아. 마부가 어느 집에 손님을 내려 주었는지 알아내면 그 집에 가서 마차의 차고와 번호를 알아낼 수 있을 거라고 생각하신 거야. 다른 계획이 있는 건지는 나도 모르겠어. 아버지가 너무 급히 떠나신 데다 경황이 없으셔서 이것만 알아내는 데도 여간 힘든 게 아니었어."

6

 

 

 

이튿날 아침, 온 식구가 베넷 씨에게서 편지가 오기를 기다렸지만, 우체부는 단 한 통의 편지도 전해 주지 않았다. 베넷 씨가 평소에 편지를 잘 쓰지 않는 사람이라는 걸 식구들도 알고 있었지만, 이런 상황에서 그만한 노력은 해 줄 거라고 기대했다. 전해 줄 만한 좋은 소식이 없는 거라고 생각했지만 가족들은 그런 얘기라도 전해 주길 바라는 심정이었다. 가디너 씨도 편지가 오기만 기다리다가 출발했다.

가디너 씨가 떠나자 가족들은 이제 적어도 일이 어떻게 되어 가는지 소식은 계속 전해 들을 수 있을 거라고 기대했다. 그는 베넷 씨를 설득해서 될 수 있는 대로 속히 롱본으로 돌려보내겠노라고 누이를 안심시켰다. 베넷 부인은 그것만이 남편이 결투를 벌여 죽음을 당하지 않는 유일한 길이라고 생각하고 있었다.

가디너 부인과 아이들은 며칠 더 하트퍼드셔에 머물기로 했다. 부인이 여기 있어 주는 게 조카들에게 힘이 될 거라고 생각해서였다. 부인은 조카들과 돌아가면서 베넷 부인을 돌봐 주었고, 틈이 날 때마다 그들을 위로해 주었다. 필립스 이모도 자주 방문했지만, 조카들의 마음을 위로하고 격려하러 왔다면서 올 때마다 위컴의 낭비벽이나 방탕한 행동의 새로운 사례를 들려주는 바람에 가족들을 더 우울하게 만들었다.

석 달 전만 해도 빚의 천사나 다름없었던 위컴을 헐뜯는 데 메리턴 전체가 혈안이 된 것 같았다. 메리턴에서 위컴이 빚을 지지 않은 상인이 없고, 그의 흉계가 모든 상인들의 가족에게 손길을 뻗쳤다고 했다. 모두들 위컴을 세상에서 가장 악랄한 인간이라며 입을 모았고, 처음부터 겉으로 보이는 선량한 모습을 믿지 않았다고 말했다. 엘리자베스는 사람들의 말을 절반은 믿지 않았지만 동생의 앞날을 망쳤다는 생각이 더 굳어졌다. 아직도 그런 말을 믿기 힘들어하는 제인마저 거의 절망적인 기분에 빠졌다.

두 사람이 스코틀랜드로 갔다면 분명히 그들에게서 소식이 왔을 시기가 되자 절망감은 더욱 깊어졌다. 그런데도 제인은 아직도 두 사람이 스코틀랜드로 갔을 거라는 희망을 완전히 버리지 못하고 있었다. 가디너 씨는 일요일에 롱본을 떠났고, 화요일에 가디너 부인은 남편에게서 편지를 받았다. 그는 런던에 도착하는 즉시 베넷 씨를 찾아가서 그를 설득해 그레이스처치가로 데리고 왔으며, 베넷 씨가 런던에 도착하기 전에 엡섬과 클래펌에 갔지만 만족할 만한 정보를 얻지 못했고, 두 사람이 런던에서 살 곳을 정하기 전에 호텔에 묵었을 수도 있으니 런던의 주요한 호텔들을 모두 수소문해 볼 작정이며, 자신은 이런 방법이 성과가 있을 거라고 기대하지는 않지만 매형이 적극적으로 주장하기 때문에 그를 도와 호텔을 찾아볼 생각이라고 했다. 그리고 베넷 씨가 현재로서는 런던을 떠날 마음이 전혀 없는 것 같다면서 곧 편지를 다시 보내겠다고 약속했다. 이런 추신도 있었다.

포스터 대령에게 가능하면 부대에서 위컴과 친분이 있었던 사람 중에 위컴이 지금 숨어 있는 곳을 알 만한 사람이 있는지 알아봐 달라는 편지를 보냈소. 그런 단서를 제공할 만한 사람이 나타난다면 중요한 수확이 될 것 같소. 현재로서는 어떻게 해야 할지 갈피를 잡을 수가 없구려. 포스터 대령은 분명히 이쪽에서 힘이 닿는 대로 우리를 도와줄 거라고 믿고 있소. 그리고 리지가 혹시 위컴의 친척 중에서 생존해 있는 사람들을 알고 있을지도 모른다는 생각이 드는구려.

엘리자베스는 삼촌이 어떤 근거로 이런 추측을 하는지 알고 있어서 당황스럽지는 않았지만, 삼촌이 기대하는 것처럼 만족할 만한 정보를 제공할 수는 없었다. 위컴에게 이미 돌아가신 지 몇 년이 지난 부모 이외에 다른 친척이 있다는 말은 듣지 못했다. 그러나 부대에 있는 위컴의 동료라면 더 많은 정보를 줄 수도 있을 것 같았다. 이런 방법에 큰 희망을 품는 건 아니었지만 지푸라기라도 잡는 심정으로 기대할 수밖에 없었다. 롱본의

하루하루가 근심 걱정 속에 지나갔다. 그중에서도 가장
초조한 순간은 매일 아침 우체부가 오는 시간이었다.
편지가 도착하기를 조바심 내며 기다리는 게 가족들의
아침 일과였다. 좋은 소식이든 나쁜 소식이든 모든 소
식이 편지에 의해 전해졌다. 하루하루가 중요한 소식이
이제나 저제나 도착할까 목이 빠지게 기다리는 긴장의
연속이었다.

　가디너 씨에게서 다시 편지가 오기 전에 베넷 씨의
소식이 전혀 예상하지 못했던 콜린스를 통해 전해졌다.
제인은 아버지가 안 계실 때 그의 편지를 뜯어 보라는
지시를 받았기 때문에 편지를 뜯어서 읽어 보았다. 엘
리자베스도 콜린스의 편지가 그야말로 걸작이라는 걸
알고 있었기 때문에 제인의 어깨너머로 같이 편지를 읽
었다.


　존경하는 아저씨께
　어제서야 하트퍼드셔에서 온 편지를 보고 현재 처
　하신 어려운 상황에 위로의 말씀을 드리는 것이 친
　분과 도리상 마땅한 일이라고 생각되어 붓을 들게

되었습니다. 저와 제 처는 쓰라린 고통을 겪고 계시는 아저씨와 존경하는 가족분들에게 깊은 동정을 표합니다. 그 고통은 시간이 지나도 없어지지 않는 원인에서 비롯된 것인 만큼 무엇보다 큰 아픔이라고 사료됩니다. 그런 불행을 조금이라도 덜어 드릴 수만 있다면, 부모로서 무엇보다 가장 가슴 아픈 일을 당하신 분에게 위로가 될 수만 있다면, 저로서는 어떤 말씀도 아끼지 않을 것입니다. 그 아픔은 차라리 따님이 죽는 것이 나을 만큼 혹독한 것이겠지요. 샬럿의 말에 따르면 따님의 방종한 행실은 너무 너그럽게 방임해서 교육한 탓이라고 하니 더더욱 통탄스러운 일이 아닐 수 없습니다. 아저씨 내외분께 위안이 될지 모르겠지만, 저로서는 따님의 타고난 성품이 본디 나쁘기 때문에 그런 일이 생긴 거라고 생각하고 싶습니다. 그렇지 않고서야 어떻게 그렇게 어린 나이에 그런 엄청난 일을 저지를 수 있겠습니까? 원인이야 어떻든 아저씨는 심심한 동정을 받으셔야 마땅하신 분이라는 생각에 저뿐 아니라 제 처와, 제가 그 일에 관해 말씀드린 캐서린 영부인과 그 따님도 동의하는 바입니다. 그분들은 딸 한 사람의 그릇된 행실이 다른 모든 따님의 운명에도 해가 될 거라는 제 염려에 동의를 표하셨습니다. 캐서린 영부인께서도 누가 그런 집과 인연을 맺으려고 하겠느냐고 말씀하셨습니다. 이런 생각과 더불어 작년 11월에 있었던 일을 돌이켜 보면서 무척 다행스럽다는 생각을 하게 되었습니다. 그때 제가 엘리자베스 양과 결혼했더라면 지금 겪고 계신 슬픔과 치욕을 같이 겪을 수밖에 없었을 테니까요. 저는 자격이 없는 딸에게서 아버지의 애정을 영원히 거둬 버리시고 자기가 뿌린 가증스러운 죄악의 열매를 스스로 거두게 내버려 두시고 가능한 한 자신을 위로하시라고 조언드리고 싶습니다.

가디너 씨는 포스터 대령에게서 답장이 온 후에 다시 편지를 보냈지만 기쁜 소식은 아무것도 들어 있지 않았다. 위컴이 계속 친분을 이어 온 친척을 단 한 명도 알아내지 못했고, 가까운 친척 중에 생존한 사람이 한 명도 없다고 했다. 이전에 알고 지내던 사람은 많았지만 입대한 이후로는 그들과 특별한 관계를 유지하지 않았던 것 같았다. 위컴에 관한 소식을 전해 줄 사람이 단 한 명도 없었다. 거의 파산 지경에 이른 그의 재정 상태도 리디아의 친척들에게 들키지 않으려는 의도와 더불어 위컴이 잠적한 중요한 동기 중 하나였다. 알고 보니 위컴은 엄청난 액수의 노름빚을 남기고 떠났다는 것이었다. 포스터 대령은 브라이턴에서 위컴이 진 빚을 청산하려면 1,000파운드가 넘는 돈이 필요할 거라고 했다. 런던에서 진 빚도 상당했지만, 신용으로 진 노름빚은 그보다 훨씬 엄청난 액수일 거라고 했다. 가디너 씨는 이런 자세한 내용을 롱본 사람들에게 굳이 숨기려고 하지 않았다. 제인은 이 사실을 듣고는 소름이 끼칠 정도로 충격을 받았다.

"위컴이 도박꾼이었단 말이야? 말도 안 돼. 그 정도라고까지는 생각하지 못했어."

가디너 씨는 매형이 다음 날인 토요일에 집으로 돌아갈 거라고 덧붙였다. 모든 노력이 허사로 돌아가자 실망한 베넷 씨는 두 사람을 추적하는 데 도움이 될 만한 일은 자신에게 맡기고 가족에게 돌아가라는 처남의 간

곡한 뜻에 따르기로 했다. 이 소식을 들은 베넷 부인은 이전에 남편의 생명의 안전을 걱정하던 것에 비하면 제인 자매가 기대했던 것만큼 반가운 기색을 보이지 않았다.

"그게 무슨 말이니? 가엾은 리디아도 데려오지 않으면서 그냥 집에 돌아오신다는 거냐? 아니, 두 사람을 찾아내기 전까지는 절대 런던을 떠나지 않으실 거야. 그 양반이 집에 돌아와 버리면 누가 위컴과 결투를 해서 리디아와 결혼하게 한다는 거냐?"

가디너 부인이 집으로 돌아가기를 원했기 때문에 베넷 씨가 런던을 떠나는 바로 그 시간에 아이들과 함께 런던으로 출발하기로 했다. 마차가 그들을 첫 번째 역까지 데려다 주고, 주인을 태워서 롱본으로 돌아왔다.

가디너 부인은 더비셔에서부터 궁금하게 여겼던 엘리자베스와 다아시의 관계에 대해 여전히 의혹을 풀지 못한 채로 떠났다. 엘리자베스가 먼저 그의 이름을 입에 올리지 않았고, 그들이 롱본으로 돌아오면 다아시에게서 편지가 올지도 모른다는 막연한 기대도 실망으로 끝나 버렸다. 엘리자베스가 집으로 돌아온 이후로 펨벌리에서는 편지 한 통 날아오지 않았다.

침통한 집안 분위기 속에서 엘리자베스의 기분이 침체되어 있는 건 당연한 일이었다. 그녀의 우울한 기분을 설명할 다른 구실은 필요하지 않았다. 너무 의기소침한 상태라 자신의 뒤엉킨 감정의 실마리를 잡을 수가 없었다. 그러나 다아시에 대한 감정은 어느 정도 윤곽이 잡히는 것 같았다. 다아시 때문에 자신이 리디아의 일을 더 견딜 수 없을 만큼 수치스럽게 느낀다는 걸 깨달았다. 다아시가 아니라면 고민하면서 불면으로 밤을 지새우는 날들이 반으로 줄어들 것 같았다.

베넷 씨가 집으로 돌아왔다. 그는 겉으로는 평소의 철학자다운 차분한 태도를 잃지 않고 있었다. 말수가 적은 것도 보통 때와 다름없었고, 런던에 갔던 일에 대해서 한마디도 말하지 않았다. 꽤 시간이 지나고 나서야 베넷가의 딸들은 용기를 내서 그 일에 대해 얘기를 꺼냈다. 오후에 베넷 씨가 함께 차를 마시는 기회를 틈타 엘리자베스가 과감하게 말을 건넸다. 엘리자베스가 아버지가 겪었을 고통에 대해 위로하는 말을 하자 베넷 씨가 대답했다.

"그 얘긴 그만두자. 당연히 내가 받아야 할 고통이야. 다 내가 잘못해서 생긴 일이니 내가 고통당하는 게 마땅한 일이다."

"너무 자책하지 마세요."

엘리자베스의 말에 베넷 씨가 대답했다.

"지나치게 자책하는 것도 경계할 일이긴 하지. 인간의 본성은 자책에 빠지기 쉬우니 말이다. 하지만 리지야, 내 평생 한 번만이라도 내가 얼마나 잘못했는지 절실히 느껴 봐야 할 것 같다. 난 그런 감정에 빠지는 게 두렵지 않아. 그런 감정은 곧 지나가 버릴 테니 말이다."

"아버지는 두 사람이 런던에 있을 거라고 생각하세요?"

"그래, 런던보다 더 숨기 쉬운 곳이 어디 있겠니?"

"리디아는 늘 런던에 가고 싶어 했어요."

키티가 끼어들었다.

"그렇다면 리디아는 행복하겠구나. 거기서 꽤 오랫동안 살 모양이다."

베넷 씨가 무덤덤하게 말했다. 그리고 잠시 침묵을 지키다가 말을 이었다.

"리지야, 지난 5월에 네가 했던 충고가 옳았다는 게 증명됐지만, 그렇다고 네게 유감은 전혀 없다. 이번 일을 겪고 보니 네 생각이 얼마나 깊은지 알 것 같구나."

제인이 어머니의 차를 가지러 들어오는 바람에 두 사람의 대화는 중단되었다.

"시위 한번 거창하게 하시는군."

베넷 씨가 비아냥거리듯 말했다.

"불행을 참 우아하게도 장식하시는구먼. 언젠가 나도 똑같이 한번 해 봐야겠어. 내 서재에 나이트캡을 쓰고 화장용 가운을 입고 앉아서 심통을 부려 봐야겠다. 아니지, 키티가 도망갈 때까지 기다려야 하겠구나."

"전 도망가지 않을 거예요, 아빠. 브라이턴에 가게 되더라도 리디아보다는 얌전하게 행동할 거라고요."

키티가 볼멘소리로 말했다.

"네가 브라이턴에 간다고? 그 근처에 있는 이스트본에 간다고 해도 난 절대 못 보낸다. 50파운드를 준다고 해도 절대 안 돼. 이제 아빠는 딸들을 조심해야 한다는 걸 깨달았다. 너도 그 결과가 어떤지 알게 될 거다. 우리 집에 장교는 다시는 발길도 들여놓지 못한다. 우리 동네도 지나가지 못하게 할 거야. 언니들과 같이 가지 않으면 무도회도 절대 금지야. 매일 단 10분 동안이라도 조신하게 지냈다는 걸 증명하지 못하면 집 밖으로 한 발짝도 못 나갈 테니 그런 줄 알아."

키티는 아버지의 위협을 심각하게 받아들이고 훌쩍훌쩍 울기 시작했다.

"울지 말거라. 그렇게 낙심할 것까지는 없다. 앞으로 10년만 착하게 행동하면 열병식에 데리고 가 줄 테니까."

## 7

베넷 씨가 돌아온 지 이틀 후, 제인과 엘리자베스가 집 뒤에 있는 관목 숲을 산책하고 있을 때 가정부가 그들 쪽으로 오고 있는 게 보였다. 어머니가 불러서 온 거라고 생각하고 기다렸지만 뜻밖에도 가정부는 제인에게 이렇게 말했다.

"방해해서 죄송합니다만, 런던에서 좋은 소식이 왔을 것 같아서 실례인 줄 알면서도 여쭤 보려고 왔습니다."

"무슨 말이죠, 힐 부인? 아직 런던에서 아무 소식도 못 받았는데요."

"아가씨, 가디너 씨에게서 주인어른 앞으로 속달 편지가 왔는데 모르셨어요? 30분 전에 우체부가 다녀갔어요. 아버님께 온 속달이 있어서 제가 갖다 드렸죠."

두 사람은 나머지 말을 들을 새도 없이 정신없이 뛰어갔다. 현관을 지나서 식당으로, 식당에서 서재로 달려갔지만 베넷 씨는 보이지 않았다. 어머니와 함께 2층에 계실지도 모른다는 생각이 들어서 계단을 올라가려는 참에 집사를 만났다.

"주인어른을 찾으시나요? 저쪽 숲으로 걸어가고 계십니다."

이 말을 듣자마자 두 자매는 다시 현관을 나서서 잔디밭을 가로질러 아버지를 쫓아갔다. 베넷 씨는 목장 한편에 있는 작은 숲으로 천천히 걸어가고 있었다.

엘리자베스만큼 몸이 가볍지도 않고 많이 달려 본 적도 없는 제인은 곧 뒤로 처졌지만, 엘리자베스는 숨을 헐떡거리며 단숨에 뛰어가 아버지를 만났다. 그리고 숨 가쁘게 외쳤다.

"아버지, 무슨 소식이에요? 외삼촌한테서 방금 편지가 왔다면서요?"

"그래, 속달이 왔더구나."

"뭐라고 쓰셨어요? 좋은 소식이에요? 나쁜 소식이

에요?"

"좋은 소식이 뭐가 있겠니?"

베넷 씨는 주머니에서 편지를 꺼내며 말했다.

"그래도 읽어 보고 싶겠지."

엘리자베스는 초조한 마음으로 편지를 받아들었다.
그때 제인이 그들에게 다가왔다.

"소리 내서 읽어 봐라. 나도 무슨 내용인지 잘 이해가
안 가니까."

그레이스처치가

8월 2일, 월요일

존경하는 매형께

드디어 조카의 소식을 전해 드릴 수 있게 되었습니
다. 매형께서 대체로 만족하실 만한 소식이길 바랍니
다. 토요일에 매형이 떠나시고 나서 곧바로 두 사
람이 런던의 어느 지역에 있는지 알아냈습니다. 자
세한 내용은 두 사람을 만난 후에 말씀드리겠습니
다. 두 사람이 있는 곳을 알아낸 것만으로도 다행이

라고 생각합니다.

두 사람을 모두 만나 보았습니다.


"내가 바라던 그대로야. 두 사람은 결혼한 거야!"

제인이 밝은 목소리로 말했다.

엘리자베스는 계속 편지를 읽어 내려갔다.


두 사람은 결혼하지 않았고, 그럴 의사가 있는지도 확인하지 못했습니다. 하지만 제가 매형을 대신해서 한 계약을 매형께서 이행할 의사가 있으시다면, 머지않아 두 사람이 결혼식을 올릴 수도 있을 것 같습니다.

매형께서 하실 일은 매형과 누님이 돌아가시면 자녀들에게 물려주기로 한 5,000파운드에 대한 지분을 리디아에게도 증여하겠다고 보증하시는 것입니다. 그리고 매형께서 살아 계시는 동안 매년 100파운드를 리디아에게 주겠다는 약속을 하셔야 합니다. 여러 상황을 고려해서 저는 매형을 대신할 만한 권한이 있다고 판단해서 주저하지 않고 이러한 조건을 수락했습니다. 속히 답장을 보내 주실 수 있도록 속달로 이 편지를 부치겠습니다.

위에서 말씀드린 상황으로 미루어 볼 때 위컴 씨의 형편이 생각하는 것만큼 그렇게 절망적이지는 않다는 걸 알 수 있으실 겁니다. 이런 점은 세상에 잘못 알려진 것 같습니다.

다행스럽게도 위컴 씨의 부채를 다 갚고도 조카의 재산에 보탤 돈이 남을 것 같습니다. 만일 위와 같은 조건에서 제게 매형의 이름으로 일을 처리할 수 있는 권한을 위임해 주신다면, 즉시 해거스턴에게 지시해서 적절한 절차를 밟도록 하겠습니다. 매형께서 다시 런던에 오실 필요는 전혀 없으니, 제 성실성과 책임감을 믿으시고 집에서 조용히 편히 쉬시는게 좋을 것 같습니다.

가능한 한 속히 답장을 보내 주시기 바랍니다. 편지에 매형의 의사가 정확하게 반영될 수 있도록 유념해 주시기 바랍니다. 저희는 조카가 저희 집에 머물면서 결혼 준비를 하는 게 최선의 방법이라고 판단했습니다. 매형도 이 점에 동의하실 거라고 믿습니다.

리디아는 오늘 저희 집으로 올 겁니다. 추후 결정된 사항이 있으면 곧 다시 편지 올리겠습니다.

이만 총총.

에드워드 가디너 올림

"이 말이 사실일까? 위컴이 정말 리디아와 결혼하는 걸까?"

엘리자베스는 편지를 다 읽고 나자 큰 소리로 말했다.

"그럼 위컴 씨가 생각했던 것만큼 형편없는 사람은 아니란 거지? 아버지, 축하드려요."

제인이 말했다.

"아버지, 답장은 쓰셨어요?"

엘리자베스가 소리쳤다.

"아니, 아직 안 썼다. 빨리 써야지."

엘리자베스는 시간을 끌지 말고 빨리 편지를 쓰라고 아버지를 재촉했다.

"아버지, 얼른 집에 가셔서 답장 쓰세요. 이럴 때는 한 시가 급하다는 거 아시잖아요."

"쓰기 싫으시면 제가 대신 써 드릴게요."

제인이 말했다.

"쓰긴 싫지만 그래도 써야지."

베넷 씨는 딸들과 함께 발길을 집으로 돌렸다.

"여쭤 볼 게 있어요. 그 조건은 들어주셔야 하지 않을까요?"

엘리자베스가 물었다.

"여부가 있겠니? 그렇게 적은 액수를 요구한다는 게 창피할 지경이다."

"그리고 두 사람은 결혼해야 하는 거죠? 그런 위인하고."

"그래, 결혼해야지. 다른 방도가 없질 않니? 그건 그렇고 내가 꼭 알고 싶은 게 두 가지 있다. 하나는 네 외삼촌이 이 결혼을 성사시키기 위해서 돈을 얼마나 썼느냐는 거고, 다른 하나는 내가 외삼촌에게 얼마를 갚아야 하는가 하는 거다."

"돈이라니요, 외삼촌이요? 그게 대체 무슨 말씀이세요?"

제인이 소리쳤다.

"내 말은 제정신이 있는 남자라면, 내가 살아 있는 동안 1년에 고작 100파운드를 받고, 죽은 후엔 5,000파운드를 받는다는 조건으로 리디아와 결혼할 리가 없다는 뜻이다."

"정말 그러네요. 그 말씀을 듣기 전엔 그런 생각은 전혀 못했어요. 위컴의 빚을 다 갚고도 돈이 얼마 정도 남는다니. 외삼촌이 하신 일이 틀림없어요. 정말 마음이 한량없이 넓으신 분이세요. 우리 때문에 쪼들리게 되시는 건 아닌지 모르겠어요. 절대 적은 돈으로 해결될 일이 아니었을 텐데."

"절대 그럴 리가 없지. 1만 파운드에서 단 한 푼이라도 모자라는 돈을 받고 리디아를 데려간다면 위컴이 멍청한 거지. 사위가 될 녀석을 헐뜯는 게 유감이긴 하다만."

"1만 파운드라고요! 말도 안 돼요. 그 돈의 절반이라고 해도 어떻게 갚아요?"

베넷 씨는 아무 대답도 하지 않았다. 그들은 각자 깊은 생각에 잠겨서 집에 도착할 때까지 침묵을 지켰다. 아버지는 편지를 쓰기 위해 서재로 갔고, 딸들은 식당으로 들어갔다. 둘만 남게 되자 엘리자베스가 언성을 높였다.

"정말 결혼을 하게 되는 건가. 이런 일이 어디 있담. 이런 결혼을 감사하게 생각해야 하다니. 형편없는 남자와 행복할 가능성이 거의 없는 결혼을 하는데도 어쩔 수 없이 기뻐해야 하는 거냐구."

"난 위컴 씨가 리디아를 진심으로 사랑하지 않는다면 절대로 리디아와 결혼하지 않을 거라고 생각해. 그런 생각을 하면 조금이나마 위안이 돼. 외삼촌이 위컴 씨의 빚을 갚아 주기 위해서 돈을 주셨다고 해도 1만 파운드나 되는 돈을 쓰셨다고는 생각하지 않아. 외삼촌에게도 자식들이 있고, 앞으로 더 생길지도 모르는데 어떻게 1만 파운드의 절반이라도 쓰실 수 있겠어?"

"위컴이 진 빚이 얼마인지 그리고 리디아의 몫에서 그 사람에게 얼마의 액수가 갔는지 알면 외삼촌이 두 사람을 위해서 얼마를 냈는지 정확하게 알 수 있을 거야. 위컴에게 자기 돈이라고는 한 푼도 없을 테니까. 외삼촌과 외숙모가 우리에게 하신 일은 죽을 때까지 다 갚을 수 없을 거야. 리디아를 집으로 데리고 가서 돌봐주시고 뒷일을 다 해결해 주시고 리디아를 위해서 희생

하신 걸 생각하면 두고두고 감사해도 모자랄 거야. 지금쯤 리디아는 그분들과 함께 있겠지. 이런 사랑을 받고도 자기가 한 짓이 얼마나 못된 짓인지 깨닫지 못한다면 리디아는 정말 행복할 자격도 없는 아이야. 처음 외숙모를 만났을 때 어땠을까?"

"두 사람에게 있었던 일들은 모두 잊어버리려고 노력해야 해. 난 아직도 두 사람이 행복하기를 바라고 또 그럴 거라고 믿어. 위컴 씨가 리디아와 결혼하기로 한 건 그 사람이 올바른 사고방식을 갖게 되었다는 증거라고 생각해. 서로의 애정이 두 사람을 견고하게 지탱해 줄 거야. 둘이 조용히 정착해서 정상적인 생활을 하고 시간이 지나면 과거의 몰지각한 행동은 저절로 잊힐 거야."

"두 사람의 행동은 언니나 나나, 아니 어느 누구도 절대 잊어버릴 수 없어. 얘기해 봤자 소용없는 일이긴 하지만."

두 자매는 그제야 어머니가 이 사실을 전혀 모르고 있다는 걸 깨달았다. 그들은 서재로 가서 아버지에게 이 소식을 어머니에게 알려도 되는지 물었다. 편지를 쓰고 있던 베넷 씨는 고개도 들지 않은 채 차갑게 대답했다.

"좋을 대로 하려무나."

"외삼촌 편지를 가지고 가서 읽어 드릴까요?"

"너희 좋을 대로 해라. 여기서 나가 주면 고맙겠다."

엘리자베스는 책상에서 편지를 집어 들고 언니와 함께 위층으로 올라갔다. 메리와 키티가 어머니와 함께 있어서, 이 소식을 모두에게 알릴 수 있게 되었다. 제인은 먼저 좋은 소식이라는 것부터 알리고 나서 편지를 낭독하기 시작했다. 베넷 부인은 흥분해서 어쩔 줄 몰랐다. 베넷 부인의 기쁨은 리디아가 곧 결혼할 것 같다는 대목에서 절정에 이르렀다. 그리고 다음 문장을 하나씩 읽을 때마다 기쁨이 점점 도를 더해 갔다. 놀라고 화가 나서 온갖 괴팍스러운 심술을 부리던 것과는 대조적으로 이제는 기쁨에 넘쳐서 어쩔 줄 모르며 탄성을 질러 대고 있었다. 그녀는 리디아가 결혼하게 되었다는 것만으로 만족스러워했다. 리디아가 정말 행복할 수 있을지 걱정하며 심란해하지도 않았고, 리디아의 창피한 행실 때문에 수치스러워하지도 않았다.

"내 귀여운 딸 리디아! 정말 기쁜 소식이야. 그 애가 결혼하게 되다니. 다시 그 애를 볼 수 있게 되다니. 열여섯 살에 결혼을 하게 되다니. 착한 내 동생! 이렇게 될 줄 알았어. 내 동생이 모든 일을 잘 해결할 거라고 생각했어. 리디아가 너무 보고 싶구나. 위컴도 보고 싶어. 그런데 옷은 어쩌지? 결혼식 예복 말이야. 가디너 올케한테 바로 편지를 써야겠다. 리지야, 아버지한테 내려가서 리디아에게 얼마나 주실 수 있는지 여쭤 봐라. 가만있어 봐. 내가 직접 가야겠다. 벨을 울려서 힐 좀 불러 줘. 금방 옷을 입을 테니까. 내 딸 리디아, 다시 만나면 얼마나 기쁠까!"

큰딸은 어머니의 열광적인 기쁨을 가라앉혀 보려고 외삼촌에게 얼마나 큰 신세를 졌는지 어머니에게 상기시켰다.

"이렇게 다행스러운 결과를 보게 된 건 모두 외삼촌 덕택이에요. 외삼촌이 위컴 씨에게 돈을 지원해 주겠다고 약속하신 게 틀림없어요."

"그래, 정말 잘한 일이로구나. 외삼촌이 아니면 누가 리디아를 위해서 그런 일을 할 수 있겠니? 외삼촌에게 자식이 없었다면 나와 내 자식들이 재산을 모두 차지하게 됐을 텐데. 너도 알지 않니? 네 외삼촌에게서 몇 가지 선물을 받은 걸 빼면 뭔가 받은 건 이번이 처음이야. 어쨌든 나는 지금 너무 행복하구나! 얼마 안 있으면 내 딸 하나를 시집보내게 되는 거잖니? 위컴 부인이라, 얼마나 듣기 좋은 이름이니? 리디아는 작년 6월에 겨우 열여섯 살이 되었는데. 제인아, 난 너무 가슴이 두근거려서 도저히 편지를 못 쓸 것 같구나. 내가 부를 테니 네가 대신 받아 적어 줄래? 돈 문제는 나중에 네 아버지와 결정하기로 하고 지금 당장은 물건부터 주문해야겠다."

베넷 부인은 캘리코, 모슬린, 캠브릭 같은 이름을 늘어놓기 시작했다. 제인이 아버지가 여유 있게 상의하실 수 있을 때까지 기다리라고 말리지 않았다면 베넷 부인은 그날로 엄청나게 많은 물건을 주문했을 것이다. 제인은 하루 정도 늦는 건 그다지 큰 문제가 아니라고 말했고, 부인도 너무 기분이 좋아서 평소처럼 끝까지 고집을 부리지는 않았다. 그때 다른 계획이 부인의 머릿속에 떠올랐다.

"옷을 입는 대로 메리턴에 가야겠다. 필립스 이모한테 이 기쁜 소식을 전해야지. 오는 길에는 루카스 부인과 롱 부인 댁에 들러야겠어. 키티, 아래층으로 내려가서 마차를 불러다오. 바깥바람을 쐬는 게 나한테 좋을 거야. 그럼 좋고말고. 얘들아, 내가 메리턴에 가서 너희들을 위해 해 줄 일이 뭐가 있지? 아, 힐이 오는군. 힐, 소식 들었지? 리디아 아가씨가 결혼하게 됐다는 소식 말이야. 결혼식 때 모두에게 펀치 한잔씩 돌려야지."

힐 부인은 이 말을 듣자 크게 기뻐했다. 엘리자베스는 다른 사람들 속에 끼여 힐 부인의 축하를 받았다. 한심한 광경에 진력이 난 엘리자베스는 아무에게도 방해받지 않고 조용히 생각할 시간을 갖기 위해 자기 방으로 피신했다.

가엾은 리디아는 불행한 처지에 빠질 게 뻔했지만 더 나쁜 상황이 되지 않은 걸 그나마 감사하게 여길 수밖에 없었다. 앞날을 내다보면 리디아의 정상적인 행복도 세속적인 안락함도 기대할 수 없었다. 그러나 불과 두 시간 전에 두려워하던 일을 돌이켜 보면 이만한 결과에도 만족할 수밖에 없는 일이었다.

8

베넷 씨는 예전부터 아내와 자녀들이 자기보다 오래 살 경우를 대비해서 수입을 다 써 버리지 않고 일정한 금액을 저축해야겠다고 생각해 왔다. 지금 그는 어느 때보다 절실하게 그럴 필요성을 느꼈다. 이런 점에서 자신의 의무를 충실하게 이행했더라면 리디아의 명예나 신용을 회복하는 일에 처남에게 신세를 지지 않아도 되었을 것이다. 그랬더라면 영국에서 가장 쓸모없는 젊은 녀석을 종용해서 리디아의 남편감으로 삼는 만족감은 당연히 자신의 몫이 되었을 것이다.

그는 누구에게도 이득이 되지 않는 일을 처남 혼자 비용을 들여 처리했다는 사실이 몹시 마음에 쓰였다.

그래서 그 액수가 얼마인지 알아보고 가능하면 빠른 시일 안에 그 돈을 갚아야겠다고 마음먹었다.

베넷 씨는 처음 결혼했을 당시에는 전혀 절약할 필요성을 느끼지 못했다. 당연히 아들을 낳을 수 있을 거라고 생각했고, 아들이 성인이 되어 한정 상속의 제한이 해제되면 그 돈으로 미망인과 어린 자녀들의 생활이 보장될 수 있을 거라고 생각했다. 딸만 연달아 다섯 명이 태어났을 때에도 그는 아들을 볼 거란 기대를 여전히 버리지 않았다. 리디아가 태어나고 나서 여러 해 동안 베넷 부인은 아들을 낳을 거라고 장담했다. 결국 아들에 대한 희망은 포기할 수밖에 없었지만, 그때는 이미 저축을 하기에는 너무 늦어 버린 시기였다. 베넷 부인은 근검절약하는 성격이 아니지만 남편이 빚지기를 워낙 싫어하는 덕분에 겨우 적자를 면할 수 있었다.

결혼 계약서에는 베넷 부인과 아이들 앞으로 5,000파운드의 상속 재산이 명시되어 있었지만, 자녀들에게 분배해 주는 비율은 부모의 의사에 따르도록 되어 있었다. 리디아의 재산에 관해서 결정해야 할 문제는 이것뿐이었다. 베넷 씨는 자신에게 제안된 상속 문제를 수

락하는 데 망설일 이유가 전혀 없었다. 그는 간략하게 처남에게 감사를 표시하고 나서 지금까지 이루어진 모든 일에 전적으로 동의하며 자신을 대신해서 체결한 모든 계약 내용을 충실하게 이행하겠다는 내용을 써 내려갔다. 그는 위컴을 자기 딸과 결혼하도록 설득할 수 있다고 해도 현재의 계약 조건처럼 자신에게 적은 부담으로 가능할 거라고는 생각하지 못했다. 두 사람에게 100파운드를 지불한다고 해도 베넷 씨가 잃는 돈은 1년에 기껏해야 10파운드도 되지 않았다. 지금까지 리디아가 어머니를 통해서 쓴 식비와 용돈 같은 비용도 1년에 거의 100파운드가 되었기 때문이다.

이렇게 작은 수고를 들이는 것만으로 일이 해결되었다는 것 또한 다행스러운 일이었다. 지금 당장 그가 바라는 것은 이 일이 더 이상 귀찮은 문제를 일으키지 않는 것뿐이었다. 처음 일이 터졌을 때는 격렬한 분노 때문에 딸을 찾아다니는 일에 나섰지만, 지금은 본래의 나태한 성격으로 돌아왔다. 그는 편지를 써서 즉시 부쳤다. 그는 일을 결정하는 데는 느렸지만 실행은 빠른 편이었다. 처남에게 자기가 진 빚이 얼마나 되는지 상세하게 알려 달라는 내용도 덧붙였지만, 리디아에게는 괘씸한 마음이 들어서 한마디도 전하지 않았다.

리디아의 결혼 소식은 신속하게 온 집안에 퍼졌고, 이웃에까지도 그에 못지않게 빠른 속도로 퍼져 나갔다. 동네 사람들은 이 소식을 담담하고 무심하게 받아들였다. 리디아 베넷 양이 런던 시에 맡겨졌다거나, 더 비참하게 세상과 격리되어 어느 농가에 숨어 있었다면, 분명 그들에게는 더 재미있는 이야깃거리가 되었을 것이다. 리디아가 사라졌을 때 걱정하며 잘되기를 빌던 메리턴의 심술 맞은 노부인들은 리디아의 결혼 소식을 듣고도 여전히 입담이 줄어들지 않았다. 그들은 그런 남편과 결혼하면 불행할 게 불을 보듯 내다본다고 떠들어 댔다.

베넷 부인은 아래층에 발길을 끊은 지 보름 만에 사기 충천하여 식탁의 상석을 차지했다. 그녀의 의기양양한 태도에는 수치심 같은 건 전혀 엿보이지 않았다. 제인이 열여섯 살이 된 이후로 그녀의 가장 큰 소원은 딸이 결혼하는 일이었다. 이제 그 소원이 막 이루어지려는 참이었다. 그녀의 생각과 말은 온통 근사한 결혼식

하객들과 고급 모슬린, 새 마차, 하인들에 관한 것뿐이었다. 그녀는 온 동네를 들쑤시고 다니면서 딸이 살 적당한 집을 고르는 데 여념이 없었다. 두 사람의 수입이 얼마나 되는지 알지도 못하고 생각도 하지 않으면서 집이 너무 작다거나 볼품이 없다며 퇴짜를 놓기에 바빴다.

"굴딩네가 이사 나가면 헤이 파크가 괜찮은데. 스토크의 저택도 거실이 좀 넓으면 쓸 만해. 애쉬워스는 너무 멀어. 우리 집에서 10마일 이상 떨어진 곳은 안 돼. 퍼비스 로지는 다락방이 너무 음산하고."

그녀의 남편은 하인들이 옆에 있는 동안은 아내가 마음대로 지껄이도록 내버려 두었지만, 하인들이 물러가고 나자 이렇게 말했다.

"여보, 당신 사위하고 딸에게 집을 한 채 얻어 주건, 모두 다 얻어 주건 한 가지 확실하게 짚고 넘어갈 게 있소. 어느 집이든 이 근방에는 절대 그 애들을 들여놓지 못할 거요. 그 애들을 롱본에 들어오게 해서 그 몰염치한 꼴을 부추길 생각은 추호도 없으니까."

이 선언이 있고 나서 오랫동안 논쟁이 이어졌지만 베넷 씨의 결심은 단호했다. 논쟁은 또 다른 논쟁을 불러

일으켰고, 베넷 부인은 남편이 딸에게 결혼 예복 살 돈을 한 푼도 내놓을 수 없다고 하자 경악과 두려움에 휩싸였다. 그는 이 결혼에서 그 어떤 것도 해 줄 생각이 없다고 못을 박았다. 베넷 부인은 남편의 말을 도무지 이해할 수가 없었다. 결혼식이 아니면 누릴 수 없는 부모로서의 특권을 포기하고 딸이 결혼하는 데 꼭 필요한 지원을 거절할 만큼 남편의 분노가 극도에 달했다는 사실이 그녀로서는 도저히 믿기지 않는 일이었다. 그녀는 딸이 위컴과 도망가서 결혼식을 올리기도 전에 보름 동안이나 동거했다는 수치심보다 딸이 결혼식 때 입을 새 옷이 없어서 당할 망신이 더 참을 수 없었다.

엘리자베스는 그때 순간적인 고통을 참지 못하고 다아시에게 동생의 일을 알렸던 자신의 행동을 뼈아프게 후회하고 있었다. 리디아가 결혼하는 것으로 두 사람의 도피 행각이 빠른 시일 안에 잘 해결될 걸 알았다면, 그 현장에 없었던 사람들에게는 수치스러운 사건의 발단을 숨길 수도 있었을 것이다.

엘리자베스는 다아시를 통해서 소문이 퍼질 거라는 걱정은 하지 않았다. 다아시만큼 비밀을 지켜 줄 거라고 믿을 수 있는 사람은 없었다. 그러나 한편으로는 다아시만큼 동생의 부정한 행실을 안다는 사실이 그녀의 자존심을 상하게 하는 사람도 없었다. 자신에게 어떤 불이익이 닥칠까 봐 걱정되는 것은 아니었다. 그러나 그 일로 인해서 두 사람 사이에 건널 수 없는 심연이 놓인 것만 같았다. 리디아의 결혼이 떳떳하게 이루어진다고 해도, 다른 여러 가지 불리한 조건을 가진 데다가 그가 가장 경멸하는 남자와 가까운 인척이 될 집안과 다아시가 인연을 맺는다는 건 절대 있을 수 없는 일이었다.

다아시가 그런 결혼을 꺼린다고 해서 전혀 놀랄 일은 아니었다. 더비셔에서 다아시가 그녀에게 다시 구애하기를 원한다는 사실은 확인했지만, 이런 치명적인 충격에도 그의 사랑이 변하지 않을 거라고 기대하는 건 지나친 욕심이었다. 엘리자베스는 초라하고 슬펐다. 그리고 무엇을 후회하는 건지 꼬집어 말할 수는 없지만 말할 수 없이 아쉽고 허탈했다. 그녀는 다아시가 사람들에게서 받는 신망이 부럽고 존경스러웠다. 그러나 이제 그의 명예 때문에 자신의 품위가 올라가는 일은 없을 것이었다. 그녀는 그의 소식을 알고 싶었지만 그의 소식을 들을 기회마저 잃어버렸다. 그와 함께라면 행복할 수 있을 거라는 확신을 갖게 되었지만, 더 이상 두 사람은 만날 수 없게 되었다.

불과 4개월 전에 그녀가 오만방자하게 거절했던 청혼을 지금은 더없이 기쁘고 감사하게 받아들일 마음이 되었다는 걸 다아시가 알면 얼마나 의기양양해할까! 다아시가 관대한 남자라는 건 의심하지 않았지만, 그 역시 인간인 이상 승리감을 느끼지 않을 리 없었다.

그녀는 비로소 다아시가 성품으로 보나 능력으로 보나 자신에게 가장 알맞은 남자라는 사실을 깨달았다. 그는 자신과는 다른 지성과 성품을 지녔지만 오히려 그런 점들이 자신의 모든 욕구를 충족시켜 줄 수 있을 것 같았다. 두 사람의 결합은 서로에게 도움을 줄 것이었다. 자신의 편안하고 생기발랄한 성품으로 인해서 다아시의 성품은 좀 더 부드러워지고 그의 딱딱한 태도 역시 원만해질 것이다. 그리고 그의 판단력과 지식과 넓은 견문은 엘리자베스의 지성에 큰 도움을 줄 수 있을 것이다.

그러나 이런 행복한 결합으로 세상 사람들에게 진정

한 행복을 보여 줄 수 있는 기회는 사라졌다. 그녀의 집 안에서는 이런 결혼을 불가능하게 만드는 전혀 다른 성격의 결혼이 곧 이루어질 것이다.

위컴과 리디아가 얼마나 독립적인 생활을 유지할 수 있을지는 알 수 없는 일이지만, 미덕보다는 사랑이라는 감정이 더 강한 작용을 해서 결합된 부부의 행복이 영속적일 수 없다는 건 쉽게 짐작할 수 있었다.

가디너 씨는 베넷 씨에게 곧 다른 편지를 보내왔다. 그는 가족의 행복을 위해서라면 당연히 최선을 다할 거라는 말로 베넷 씨의 감사에 간단하게 답하고 나서, 그 문제는 더 이상 거론하지 말아 달라는 부탁으로 끝을 맺었다. 편지의 중요한 취지는 위컴이 군대를 나오기로 결심했다는 사실을 알리는 것이었다. 그는 이렇게 덧붙였다.


결혼이 확정되는 대로 위컴이 군대를 나오는 것은 제가 바라던 일입니다. 매형께서도 위컴 본인을 위해서나 조카를 위해서 매우 좋은 결정이라는 제 생각에 동의하실 거라고 믿습니다. 위컴은 정규군에 입대할 생각입니다. 그의 예전 친구들 중에서 군대

안에서 그를 밀어줄 의사와 능력이 있는 친구들이 몇 명 있다고 합니다. 현재 북부에 주둔하고 있는 모 장군의 연대에서 기수직을 위임받을 수 있을 것 같습니다. 주둔지가 이곳에서 멀리 떨어져 있다는 것도 다행스러운 일입니다. 위컴도 흔쾌히 동의했습니다. 모르는 사람들 사이에 섞여 살면 두 사람이 어른스러운 인격을 갖추게 되고 좀 더 신중해질 거라고 생각합니다.

포스터 대령에게 현재 진행된 상황을 알려 드리고 브라이턴 근방에 있는 여러 채권자들에게 조속한 시일 내에 빚을 청산할 것을 보증한다고 안심시켜 달라는 편지를 보냈습니다. 이 보증에 대해서는 제가 서약을 했습니다. 매형께서도 수고스러우시겠지만 메리턴에 있는 위컴의 채권자들에게 동일한 보증을 서 주십시오. 위컴에게 물어서 채권자 명단을 보내 드리겠습니다. 위컴은 모든 채무 사항을 제출했습니다. 이 점에서 그가 우리를 기만하지 않았기를 바랍니다. 해거스턴에게 지시를 내렸으니 일주일이면 모든 일이 해결될 것입니다. 만약 롱본에서 초대를 받지 않으면 두 사람은 그때 부대에 합류할 겁니다. 아내의 말로는 리디아가 남부를 떠나기 전에 롱본에 있는 가족들을 몹시 만나고 싶어 한답니다. 리디아는 건강하고 매형과 누님께서 자기를 잊지 않고 기억해 주기를 바라고 있습니다.

에드워드 가디너 올림


베넷 씨와 딸들은 가디너 씨와 마찬가지로 위컴이 정규군에 입대하는 것이 현명한 일이라고 생각했지만, 베넷 부인은 그 일을 별로 기뻐하지 않았다. 그녀는 두 사람을 하트퍼드셔에 정착시키려는 계획을 아직 포기하지 않고 리디아를 곁에 두고 즐거움과 자부심을 즐길 기대에 부풀어 있던 참이라 리디아가 북부로 간다는 소식은 그녀에게 쓰라린 실망감을 안겨 주었다. 게다가 리디아가 아는 사람들이 많고, 특히 그렇게 좋아하는 군인들이 많은 부대를 떠난다는 건 너무도 안타까운 일이었다.

"리디아는 포스터 부인을 많이 따랐는데 그런 애를 멀리 쫓아 보내다니 리디아가 얼마나 충격을 받을까.

또 그 애가 무척이나 좋아하던 청년들도 몇 명 있었지. 장군 연대인가 뭔가 하는 부대의 장교들은 그렇게 재미있는 남자들은 아닐 거야."

베넷 씨는 예상했던 대로 북부로 떠나기 전에 가족을 다시 만나고 싶다는 딸의 부탁을 처음에는 단호하게 거절했다. 그러나 제인과 엘리자베스는 동생의 심정과 체면을 생각하면 결혼 인사를 직접 부모에게 드리는 것이 도리라고 생각해서, 그럴듯한 논리를 모두 동원해서 아버지를 완곡하고도 끈질기게 설득했다. 베넷 씨는 결국 그들의 설득에 넘어가서 딸들이 원하는 대로 하라고 허락하고 말았다. 베넷 부인은 딸이 북부로 추방당하기 전에 이웃 사람들에게 결혼한 딸을 보여 줄 수 있게 된 걸 알고 무척 흡족해했다. 베넷 씨는 다시 처남에게 편지를 써서 두 사람이 집에 오는 걸 허락한다는 소식을 알렸다.

결국 두 사람은 결혼식이 끝나자마자 롱본으로 올 수 있게 되었다. 엘리자베스는 위컴이 그런 제안을 받아들였다는 사실이 놀라웠다. 자신의 감정만 생각한다면 위컴을 다시 만난다는 게 끔찍하게 싫은 일이었다.

# 9

리디아의 결혼식 날이 다가왔다. 아마도 제인과 엘리자베스가 느끼는 감회가 리디아 본인의 감정보다 더 복잡했을 것이다. 두 사람을 태우기 위해 마차가 보내졌다. 두 사람은 저녁 식사 시간까지는 도착할 예정이었다. 제인과 엘리자베스는 두 사람의 도착을 두려운 기분을 느끼며 기다렸다. 제인은 자신이 리디아처럼 큰 잘못을 저질렀다면, 집에 올 때 미안하고 죄스러운 마음이 들어 괴로울 거라고 생각하며 리디아를 안쓰러워했다.

드디어 두 사람이 집에 도착했다. 가족들은 모두 그들을 맞이하기 위해 식당에 모여 있었다. 마차가 대문에 도착하자 베넷 부인의 얼굴에는 반가운 미소가 번졌고 베넷 씨는 속마음을 알 수 없는 굳은 표정을 짓고 있었다. 딸들은 불안하고 걱정스러워서 안절부절못하는 모습이었다.

현관에서 리디아의 목소리가 들리고 문이 벌컥 열리더니 그녀가 방 안으로 뛰어 들어왔다. 어머니는 앞으로 달려 나가 리디아를 껴안고 기뻐서 어쩔 줄 몰라 하며 열광적으로 딸을 환영했다. 그리고 리디아의 뒤를 따라 들어온 위컴에게 다정하게 미소를 지으며 손을 내밀었다. 베넷 부인은 두 사람의 행복을 전혀 의심하지 않는다는 듯이 서슴없이 축하의 인사말을 건넸다.

신혼부부는 베넷 씨에게 몸을 돌렸지만 그는 전혀 반가운 기색이 아니었다. 그의 얼굴은 더 딱딱하게 굳어져 있었고, 말문을 열 생각도 없는 것 같았다. 아무렇지도 않은 듯이 뻔뻔스럽게 행동하는 젊은 부부의 모습은 그의 분노를 더욱 돋우었다. 엘리자베스는 그들의 태도에 혐오감을 느꼈고 제인은 충격을 받았다. 리디아는 전혀 전과 달라진 게 없었다. 여전히 제멋대로이고, 부끄러운 줄 모르고, 거칠고, 수다스럽고, 거칠 것이 없었다. 그녀는 언니들에게 차례로 다가가서 억지로 축하를 받아 냈다. 드디어 온 가족이 자리에 앉자 리디아는 방 안을 찬찬히 둘러보더니 조금 달라진 것 같다면서 자기가 무척 오랜만에 집에 왔다고 말했다.

위컴 역시 리디아처럼 전혀 곤혹스러워하는 기색이 없었다. 그는 여전히 유쾌한 태도로 행동했기 때문에 만일 그의 인품과 결혼이 정상적인 것이었다면, 그의 미소와 능숙한 언변으로 한 가족이 된 걸 즐겁게 느끼게 했을 것이다. 엘리자베스는 위컴이 이렇게까지 뻔뻔한 인간이라고는 생각하지 못했다. 그녀는 앞으로 몰염치한 인간의 뻔뻔함에는 한계가 없다는 사실을 절대 잊지 않겠다고 속으로 다짐했다. 그녀는 너무 황당해서 얼굴이 붉어졌고 제인 역시 얼굴이 상기돼 있었다. 그러나 정작 그들을 곤혹스럽게 만든 장본인의 안색은 아무런 변화도 없었다.

화제는 전혀 부족하지 않았다. 신부와 신부의 어머니는 더 이상 빠를 수 없을 정도로 속사포처럼 말을 이어 갔고, 공교롭게도 엘리자베스의 옆자리에 앉게 된 위컴은 근처에 사는 사람들의 안부를 묻기 시작했다. 그는 유쾌하고 편안한 말투로 대화를 시작했지만 엘리자베스는 위컴처럼 태연하게 말을 받아 줄 수 없었다. 두 사람은 세상에서 가장 행복한 추억들만 간직한 부부 같았다. 과거의 일들은 그들에게 전혀 아픈 기억이 아닌 모양이었다. 제인과 엘리자베스가 절대로 입에 올리고 싶지 않은 화제를 리디아 자신이 끄집어냈다.

"내가 집을 떠난 지 벌써 석 달이나 됐다는 게 너무 신기해. 고작해야 2주일밖에 안 된 것 같은데. 그동안 정말 많은 일들이 있었어. 기가 막힌 일이지. 집을 떠날 때는 결혼을 해서 돌아올 거라는 생각은 꿈에도 못 했거든. 결혼하면 재미있을 거라는 생각은 했지만 말이야."

베넷 씨는 눈을 치켜떴다. 제인은 당황해서 어쩔 줄 모르고, 엘리자베스는 리디아에게 주의하라는 눈길로 노려보았지만, 리디아는 자신이 신경 쓰지 않기로 한 일은 듣지도 보지도 못하는 것처럼 명랑하게 말을 계속했다.

"엄마, 동네 사람들이 내가 오늘 결혼했다는 걸 알고 있을까요? 아마 모를 거야. 참, 오다가 윌리엄 굴딩 씨의 이륜마차를 앞질렀는데, 내가 결혼했다는 걸 알려야겠다고 생각해서 마차가 옆에 왔을 때 창문을 내리고 장갑을 벗고 창틀 위에 손을 얹어 내 반지를 보여 줬지 뭐예요. 그리고 인사를 하고 활짝 웃어 줬어요."

엘리자베스는 더 이상 참을 수가 없었다. 그녀는 일어나서 방에서 뛰쳐나왔다. 그리고 두 사람이 복도를 지나 응접실로 가는 소리를 듣고 나서야 다시 식당으로 돌아왔다. 그녀가 다시 합류하자마자 리디아는 자랑스럽게 어머니의 오른편으로 다가가서 큰언니에게 말했다.

"큰언니, 이제 내가 큰언니 자리를 차지해야 해. 언니는 나보다 아랫자리로 가야지. 난 이제 결혼을 했으니까 말이야."

처음부터 전혀 부끄러운 기색이 없었던 리디아가 시간이 지났다고 해서 곤혹스러움을 느낄 거라고 기대할수는 없었다. 오히려 당당하고 의기양양한 기색이 점점더해 갔다. 그녀는 필립스 부인과 루카스 부인과 다른이웃들을 만나서 '위컴 부인'이라는 말을 듣고 싶어 안달이었다. 식사를 마치자 리디아는 그 틈에 힐 부인과두 하녀에게 반지를 보여 주면서 결혼한 것을 자랑하고싶어서 방에서 나갔다.

모든 사람들이 식당으로 돌아왔고 곧이어 리디아가 다시 말문을 열었다.

"그런데 엄마, 엄마는 제 남편을 어떻게 생각하세요? 정말 매력적인 남자라고 생각하지 않아요? 언니들도 틀림없이 저를 부러워할걸요. 언니들이 제 반만큼이라도 좋은 남자를 만날 수 있었으면 좋겠어요. 언니들도 모두 브라이턴으로 가야 해요. 남편감을 고르는 데는 브라이턴만 한 곳이 없거든요. 여름에 다 같이 가지 않았던 게 정말 유감이에요. 안 그래요, 엄마?"

"그렇고말고. 내가 하자는 대로 했더라면 얼마나 좋았겠니. 그런데 리디아야, 난 네가 그렇게 먼 곳으로 가는 건 싫다. 꼭 거기로 가야 하는 거니?"

"그럼요, 뭐, 별일도 아니잖아요. 난 너무 좋을 것 같아요. 어머니랑 아버지랑 언니들이랑 모두 우리를 보러 오면 되잖아요. 우린 겨울 동안 뉴캐슬에 있을 생각이에요. 틀림없이 무도회도 열릴걸요. 언니들한테 멋진 파트너를 구해 줄 테니 염려하지 말아요."

"그거 정말 좋은 생각이다."

"엄마가 집에 가실 때 언니 중에 한두 명은 두고 가야 해요. 그럼 겨울이 다 가기 전에 언니들의 신랑감을 구해 줄 테니까."

그러자 엘리자베스가 말했다.

"네 호의는 고맙다만 네 방식으로 남편을 구할 생각은 전혀 없다."

두 사람의 방문은 열흘 이내로 예정되어 있었다. 위컴이 런던을 떠나기 전에 임명을 받아서 2주 안에 부임하게 되었기 때문이었다.

베넷 부인을 제외하고 두 사람이 집에 머무르는 기간이 짧은 것을 아쉬워하는 사람은 아무도 없었다. 베넷 부인은 리디아를 데리고 이웃집을 방문하고 집에서 자주 파티를 여는 것으로 대부분의 시간을 보냈다. 모두들 파티를 여는 것을 반겼다. 생각 없는 사람들보다 생각이 있는 사람들이 가족과 어울리는 것을 더 피하고 싶어 했다.

엘리자베스는 예상했던 대로 위컴이 리디아를 사랑하는 마음이 리디아가 위컴을 사랑하는 마음에 미치지 못한다는 걸 알 수 있었다. 일의 정황을 살펴볼 때, 두 사람의 도피 행각이 위컴의 사랑에서 비롯된 것이 아니라 리디아의 열렬한 애정 때문에 생겨난 일이라는 건 굳이 확인해 볼 필요도 없는 일이었다. 경제적으로 궁지에 몰린 위컴이 도망칠 수밖에 없는 상황이었다는 사실과 위컴이 그런 처지에서 같이 도망할 여자를 마다할 남자가 아니라는 사실을 몰랐다면, 열렬하게 사랑하지도 않는 여자와 애정 도피 행각을 벌인 위컴을 도저히 이해할 수 없었을 것이다.

리디아는 위컴이 좋아서 어쩔 줄 몰라 했다. 그녀에게 무슨 일에서든 위컴은 누구와도 비교할 수 없는 사랑스러운 남편이었다. 위컴은 어떤 일이라도 세상에서 가장 훌륭하게 해내는 사람이었다. 그녀는 9월 1일에 사냥철이 시작되면 위컴이 그 지방에서 누구보다 많은 새를 잡을 거라고 장담했다.

두 사람이 도착한 지 얼마 지나지 않은 어느 날 아침, 언니들과 함께 앉아 있던 리디아가 엘리자베스에게 말했다.

"리지 언니, 언니한테는 내 결혼식 얘기 안 했지? 내가 엄마하고 다른 사람들에게 결혼식 얘기할 때 언니는 그 자리에 없었던 것 같아. 결혼식이 어떻게 진행되었는지 궁금하지 않아?"

"아니, 별로 궁금하지 않아. 그 문제는 별로 할 얘기가 없을 것 같은데."

"언니는 정말 이상해. 하지만 난 꼭 얘기해야겠어. 언니도 알겠지만 우리는 성 클레멘트 교회에서 결혼식을 올렸어. 위컴 씨의 숙소가 그 교구에 있었거든. 11시에 그 교회에서 만나기로 했었지. 외삼촌과 외숙모가 나와 같이 교회로 가기로 했고 다른 사람들은 교회에서 만나기로 되어 있었어. 월요일 아침이 될 때까지 얼마나 초조했는지 몰라. 무슨 일이라도 생겨서 결혼식이 연기되면 어쩌나 해서 견딜 수가 없었거든. 만약 그랬다면 난 정말 미쳐 버렸을지도 몰라. 옷을 입는 동안 외숙모가 내내 곁에서 설교문이라도 읽는 것처럼 연설을 늘어놓으시더라고. 근데 내 귀에는 그 말이 한마디도 안 들리는 거야. 머릿속에 온통 위컴 씨 생각뿐이었거든. 위컴 씨가 푸른 제복을 입고 결혼식에 나올지 궁금해 죽을 것 같았어. 그리고 보통 때처럼 아침 10시에 아침을 먹었지. 난 그런 생활이 영원히 끝나지 않을 거라고 생각했어. 언니도 이해하겠지만 삼촌과 숙모랑 같이 지낼

땐 그분들이 정말 끔찍하게 싫었거든. 보름 동안 한 번도 문 밖에 나가 본 적이 없었다는 게 믿어져? 파티도 없고 아무 계획도 없고 정말 삭막하기 짝이 없었다니까. 확실히 런던이 한산하기는 하지만, 그래도 소극장은 공연을 하고 있었거든.

그건 그렇고, 마차가 대문에 도착했는데 그 지긋지긋한 스톤 씨가 볼 일이 있다면서 외삼촌을 불러내는 거야. 언니도 아는지 모르겠지만 두 사람이 일단 만나니까 얘기가 끝이 없는 거야. 난 얼마나 걱정이 되던지 초조해 죽을 뻔했어. 외삼촌이 나를 신랑에게 넘겨줘야 하는데 내가 제시간에 도착하지 못하면 우리는 하루 종일 결혼을 할 수 없을 거 아냐. 그런데 다행히도 10분 후에 외삼촌이 돌아오셔서 다 같이 출발하게 됐지. 근데 나중에 곰곰이 생각해 보니까 외삼촌이 못 가셨더라도 결혼식을 연기할 필요는 없었겠더라고. 다아시 씨가 다 알아서 해 주셨을 테니까."

"방금 다아시 씨라고 했니?"

엘리자베스는 너무 놀라서 자기도 모르게 큰 소리로 말해버렸다.

"그래, 다아시 씨 말이야. 그분이 위컴 씨하고 같이 결혼식장으로 오기로 되어 있었던 거 몰랐어? 아참, 내 정신 좀 봐. 그걸 잊어버렸네. 그 일에 대해서는 한마디도 하지 않기로 했는데. 약속을 꼭 지키겠다고 맹세했는데 위컴이 알면 뭐라고 할까! 이건 정말 비밀로 하기로 했는데."

"비밀로 하기로 약속했으면 더 이상 그 일에 대해서 한마디도 말하지 마. 나도 더 알려고 하지 않을 테니까."

제인이 말했다.

"그래, 알았어. 더 물어보지 않을게."

엘리자베스는 호기심 때문에 얼굴이 상기되면서도 이렇게 말했다.

"고마워. 언니들이 물어보면 난 다 말해 버릴 게 분명하고 그러면 위컴이 화를 낼 테니까 말이야."

엘리자베스는 더 물어보고 싶은 충동을 억누르기 위해 그 자리를 피해서 나와 버렸다.

그러나 그 사실을 모른 척하고 있을 수는 없는 일이었다. 더 알려고 애쓰지 않는 것 또한 불가능했다. 다아시가 리디아의 결혼식에 왔었다. 그곳은 분명히 다아시가 절대로 가고 싶지 않은 장소였을 것이고, 함께 섞이고 싶지 않은 사람들이 있는 장소였을 것이다. 그런 곳에 다아시가 참석했다는 사실이 무엇을 의미하는지 온갖 추측이 엘리자베스의 머릿속을 빠르고도 맹렬하게 휘젓고 있었다. 그러나 어떤 추측도 그녀의 궁금증을 충족시키는 것은 없었다. 다아시의 고매한 인품 때문이라는 가정이 가장 마음에 들기는 했지만 그것 역시 그럴 법하지 않은 추측이었다. 엘리자베스는 의문과 긴장감을 더 이상 견딜 수가 없어서 황급히 편지지를 꺼내 외숙모에게 짧은 편지를 썼다. 리디아가 흘린 얘기에 대해 애초에 비밀을 지키기로 했던 의도에 어긋나지 않는다면 좀 더 자세한 설명을 부탁한다는 내용이었다.

그리고 다음과 같이 덧붙였다.

외숙모는 제 궁금증을 이해해 주실 거라고 믿어요. 우리 집과는 아무런 관계도 없는 사람이 (상대적으로 말해서) 우리 가족과 전혀 남인 사람이 그런 자리에 왜 참석했는지 너무 궁금해요. 바로 답장 보내 주세요. 어떻게 된 건지 알고 싶어요. 리디아의 생각대로 비밀에 부쳐야 할 만한 타당한 이유가 있다면 저도 그냥 모르는 채로 넘어가도록 노력할게요.

"아니에요, 외숙모. 만일 외숙모가 체면 때문에 제게 말씀해 주시지 않으면, 제가 창피를 무릅쓰고 어떤 수단 방법을 써서라도 반드시 알아내고 말 거예요."

엘리자베스는 혼자 중얼거리며 편지를 끝맺었다.

제인은 고상한 성격상 리디아가 흘린 말을 엘리자베스에게 따로 얘기하지 않았다. 엘리자베스에게는 차라리 다행스러운 일이었다. 그녀의 궁금증이 만족할 만한 해답을 얻을 때까지는 자신의 속내를 털어놓지 않는 편이 나을 것 같았다.

# 10

    엘리자베스는 다행히도 최대한 빨리 외숙모의 답장을 받을 수 있었다. 편지를 받자마자 그녀는 누구의 방해도 받지 않을 수 있는 작은 숲속으로 달려가 벤치에 앉아 답변을 들을 마음의 준비를 했다. 편지의 부피로 봐서 외숙모가 그녀의 부탁을 거절하지 않은 게 틀림없었다.

그레이스처치가

9월 6일

사랑하는 조카에게

방금 네 편지를 받았다. 답장을 쓰려면 아침나절 내내 써야 할 것 같다. 짧게 써서는 네게 들려줄 얘기를 다 할 수 없을 것 같아. 네 편지를 받고 무척 놀랐다는 얘기부터 해야겠구나. 네가 그런 편지를 보낼 거라고는 예상하지 못했거든. 그렇다고 내가 화가 났다고 생각지는 말아라. 단지 네가 그런 질문을 할 필요가 있을 거라고 생각하지 못했던 거니까. 내 말을 이해하지 못하겠다면 내 말이 주제넘은 걸 용서하기 바란다. 외삼촌도 나 못지않게 놀라셨단다. 다아시 씨가 그런 행동을 한 데에는 분명히 너도 관여했을 거라고 믿었으니까. 하지만 네가 정말 그 일에 대해 전혀 몰랐다면 내가 더 상세하게 설명해야 할 것 같구나.

내가 롱본에서 집으로 돌아오던 날, 네 외삼촌에게 뜻밖의 손님이 찾아오셨단다. 바로 다아시 씨였어. 두 사람은 몇 시간 동안이나 밀담을 나눴단다. 내가 집에 도착하기 전에 모든 일이 끝났기 때문에 나는 너처럼 궁금증 때문에 힘들어하지 않아도 됐어. 다아시 씨는 네 동생 리디아와 위컴이 있는 곳을 알아내서 두 사람을 직접 만났다고 했단다. 위컴은 여러 번 만났고, 리디아는 한 번 만났대. 내가 알기로는 우리가 떠난 다음 날 다아시 씨가 두 사람을 찾기 위해 더비셔를 떠나 런던으로 갔던 것 같구나.

다아시 씨는 위컴이 형편없는 인간이라는 걸 세상에 알려서 정숙한 여자가 그 남자를 사랑하거나 믿는 일이 없도록 막지 못했던 걸 자신의 잘못이라고 생각해서 그런 조치를 취했다고 했다. 다아시 씨는 모든 걸 자신의 왜곡된 자존심 때문에 생긴 일로 돌렸단다. 위컴의 개인적인 비행을 세상에 알리는 건 수치스러운 행동이라고 생각했다는구나. 위컴의 인격이 저절로 세상에 드러나게 될 거라고 생각했대. 자신의 잘못으로 인해 생겨난 일을 바로잡는 게 자신의 의무라고 했단다. 다른 동기가 있었다고 하더라도 그것이 그분의 명예를 더럽힐 거라고는 생각하지 않는다. 다아시 씨는 런던에 며칠 있는 동안 두 사람의 행방을 찾을 수 있었대. 우리가 모르는 더 좋은 단서가 있었던 모양이야. 그게 우리 뒤를 따라서 런던에 오게 된 또 다른 동기였다고 했다더라.

예전에 다아시 양의 가정 교사로 있던 영이라는 부인이 있었는데, 다아시 씨가 그 이유는 말하지 않아서 잘 모르겠지만 그 부인이 얼마 전에 해고당했다는구나. 그 후에 그 여자는 에드워드가에 큰 집을 얻어서 하숙을 치며 살고 있었대. 다아시 씨는 이 부인이 위컴과 잘 아는 사이라는 걸 알고 있었다더구나. 그래서 런던에 오자마자 그 부인을 찾아가서 위컴의 행방을 물었대. 2~3일이 지나서야 간신히 정보를 얻어 낼 수 있었대. 내 생각으론 그 여자가 뇌물을 받을 요량으로 비밀을 발설하지 않았던 것 같아. 사실은 어디를 가면 위컴을 찾을 수 있는지 알고 있었으니까 말이다. 위컴은 런던에 도착하자마자 그 여자를 찾아갔었대. 그 여자가 두 사람을 자기 집에 받아 줄 수 있었더라면 두 사람은 여자의 집에 머물렀겠지.

어쨌든 다아시 씨는 원하던 주소를 손에 넣을 수 있었대. 다아시 씨는 위컴을 만나 본 후에 리디아를 만나겠다고 했대. 처음에는 리디아를 만나서 부모님이 용서하시도록 설득할 테니 현재의 치욕스러운

상태를 끝내고 가족들의 품으로 돌아가도록 권유하
려는 목적이었다고 말했단다. 그런데 리디아가 그
곳에 계속 머물겠다고 단단히 결심을 했더라는 거
야. 리디아는 친구들도 소용없고 다시 씨의 도움
도 필요 없다고 했대. 위컴을 떠나라는 권유를 들으
려고 하지 않더래. 두 사람이 언젠가는 결혼을 하겠
지만, 그때가 언제인지는 중요하지 않다고 했대.

다시 씨는 리디아의 생각이 확고한 만큼, 남은 방
법은 결혼식을 빨리 올리는 것뿐이라고 생각했다는
구나. 그래서 위컴을 만났는데 대화를 나누자마자
그에게는 결혼할 의사가 전혀 없다는 걸 알게 됐대.
위컴은 노름빚 때문에 압박을 받아서 어쩔 수 없이
부대를 떠날 수밖에 없었다고 자백했대. 그리고 리
디아가 도망친 걸로 인해서 생긴 일들은 모두 리디
아의 어리석음 때문이라고 몰아세웠다는구나. 위컴
은 당장이라도 장교직을 그만둘 생각이었고, 앞으
로 어떻게 해야 할지 아무 계획도 없었다. 어디로든
가야 할 처지였지만 어디로 가야 할지 어떻게 생계
를 유지할지 방도가 없었다는구나. 다시 씨는 그

에게 왜 당장 네 동생과 결혼하지 않느냐고 물어보았대. 베넷 씨가 큰 부자는 아니지만 위컴에게 뭔가 해 줄 수는 있을 거라고 하면서 결혼하면 그의 처지가 나아지지 않겠느냐고 했다더구나. 그런데 위컴의 대답을 듣고 그가 다른 지방에 가서 더 큰 재산을 얻을 수 있는 결혼을 하려는 생각을 아직도 버리지 못하고 있다는 걸 알았대. 하지만 위컴도 당장 처해 있는 곤경에서 구제될 수 있다는 유혹에 마음이 움직이긴 하는 것 같더래.

두 사람은 상의할 일이 많아서 여러 번 만났던가 보더라. 위컴은 당연히 자기가 얻을 수 있는 것 이상을 원했지만 결국 적당한 선에서 합의를 보았대.

두 사람 사이에 모든 문제가 해결되고 나자 다아시 씨는 곧바로 그 사실을 외삼촌에게 알렸단다. 다아시 씨가 그레이스처치가에 처음 온 게 내가 집에 돌아오기 전날 저녁이었어. 그날 다아시 씨는 외삼촌을 만나지 못했지만, 네 아버지가 외삼촌하고 함께 계시고, 다음 날 아침에 런던을 떠나실 예정이라는 걸 알았대. 다아시 씨는 네 아버지가 외삼촌처럼 이런 일을 상의할 만한 분이 아니라고 판단해서 네 아버지가 떠날 때까지 외삼촌을 만나는 일을 미뤘던 거야. 다아시 씨가 이름을 남기지 않고 갔기 때문에 우리 집에서는 다음 날까지도 어떤 신사분이 사업상 찾아왔던 걸로만 알고 있었단다.

다아시 씨는 토요일에 다시 찾아왔단다. 그때는 이미 너희 아버지는 집으로 떠나셨고, 외삼촌은 집에 계셨어. 아까 말한 것처럼 그날 두 사람은 오랫동안 밀담을 나눴단다.

두 사람은 일요일에 다시 만났고 그날은 나도 다아시 씨를 보았어. 월요일에 모든 일이 해결되었단다. 그리고 곧바로 롱본으로 편지를 보냈던 거야. 다아시 씨는 정말 고집이 세더구나. 리지야, 나는 그 고집이 그의 인격적인 결함이라고 생각한다. 다아시 씨는 여러 가지 결점 때문에 비난을 받기도 했지만, 나는 고집스러운 성격이야말로 진짜 결함이라고 생각해. 그는 자기가 나서지 않으면 아무것도 할 수 없게 하더구나. 이 말은 공치사처럼 들릴지 모르니까 아무에게도 얘기하지 않았으면 좋겠다. 다아시 씨가 양보만 했더라도 외삼촌이 모든 문제를 기꺼이 다 해결하셨을 거야. 두 사람은 이 문제 때문에 오랫동안 논쟁을 벌였지. 이 일의 당사자인 남녀에게는 정말 과분한 일 아니니? 결국에는 외삼촌이 양보할 수밖에 없었단다. 자기 조카에게 실질적인 도움을 주는 대신에 허울 좋은 명예만 얻게 된 거지. 이런 일은 외삼촌의 성미에는 너무 안 맞는 일이었단다. 그래서 오늘 아침에 네가 보낸 편지를 보고 외삼촌은 많이 기뻐하셨어. 일의 전후를 자세히 설명해서 남이 한 일로 생색을 내지 않아도 될 수 있으니 말이다. 마땅히 치하를 받아야 할 사람에게 공을 돌리게 된 거지.

하지만 리지야, 이 사실은 너만 알고 있어야 한다. 제인까지는 몰라도 다른 사람은 절대 알아서는 안 돼. 두 젊은 남녀를 위해서 다아시 씨가 어떤 일을 해주었는지 너도 짐작할 거라고 생각한다. 내가 생각하기에 1,000파운드가 훨씬 넘는 빚을 갚아 주고, 리디아가 집에서 받게 될 돈에다 1,000파운드를 더 얹어 주고, 위컴에게 장교직까지 사 주었단다. 다아시 씨가 혼자서 이 모든 걸 다 처리한 이유는 위에서 설명한 대로야. 세상 사람들이 위컴의 인간성을 잘못 알고 있었고, 그가 사교계에 발을 들여놓게 되어 사람들에게 인정을 받게 된 건 자신이 잘못 판단해서 위컴에 대해 입을 다물었기 때문이라는 거야. 그 말도 전혀 일리가 없는 건 아니지만, 다아시 씨든 누구든 위컴의 본색을 드러내지 않았다고 해서 이 일에 책임을 진다는 건 나로서는 이해가 안 되는 일이다.

어쨌든 리지야, 다아시 씨가 또 다른 이유 때문에 이 일에 나섰다는 걸 확신하지 않았다면 네 외삼촌은 절대 그 사람에게 문제 해결을 위임하지 않았을 거다. 이건 네가 전적으로 믿어도 되는 일이야.

이 일이 다 해결되자 다아시 씨는 다시 친구들이 머물고 있는 펨벌리로 돌아갔어. 하지만 결혼식을 올릴 때 다시 런던에 와서 금전적인 문제를 깨끗이 마무리 짓기로 했단다.

이 정도면 네게 모든 걸 알려 준 것 같구나. 자초지종을 듣고 넌 많이 놀랐을 거야. 하지만 적어도 네게 불쾌감을 주지는 않았으면 한다. 리디아가 우리 집에 와 있었고, 우리는 위컴도 우리 집에 아무 때나 드나들 수 있도록 허락했어. 그 사람은 처음 하트퍼드셔에서 만났을 때와 조금도 달라진 게 없더라. 우리 집에 있을 때 리디아가 하는 짓이 얼마나 마음에 안 들었는지는 말하지 않으려고 했다만, 지난 수요일에 받은 제인의 편지를 보니까 집에 돌아가서도 여전히 똑같이 행동하나 보더구나. 지금 이런 얘기를 해도 새삼 네 마음을 상하게 하지는 않을 것 같아서 하는 말이다. 나는 리디아에게 수없이 진지하게 타일렀어. 그 애가 한 행동이 얼마나 지각없는 일이고 가족들에게 얼마나 큰 고통을 안겨 주었는지 깨닫게 하려고 했단다. 내 말을 조금이라도 들었다면 다행이었겠지만 도무지 들을 생각이 없더구나. 어떤 때는 화가 치밀어 오르기도 했지만 너와 제인을 생각해서 꾹 참았단다.

다아시 씨는 리디아가 얘기한 것처럼 약속대로 런던에 돌아와서 결혼식에 참석했단다. 그다음 날 우리와 함께 저녁 식사를 하면서 수요일이나 목요일에 런던을 떠난다고 했어. 엘리자베스, 내가 이 기회에 다시 씨를 무척 좋아하게 되었다고 하면 넌 내게 화를 낼 거니? 전에는 감히 이런 얘기를 꺼낼 수 없었다만, 어떤 면에서 보더라도 다시 씨는 더비셔에서처럼 우리에게 친절하고 예의 바르게 대해 주었단다. 다시 씨의 이해심과 판단력은 정말 훌륭했어. 부족한 점을 꼽으라면 좀 활달하지 못하다는 것뿐인데 그런 점은 현명한 결혼을 해서 부인에게 배울 수 있을 거라는 생각이 드는구나. 네 이름을 입 밖에도 내지 않는 걸 보고 약간 음흉스럽다는 느낌도 들었어. 요즘은 음흉한 게 유행이긴 한가 보더라.

내가 너무 주제넘은 말을 했다면 용서하길 바란다. 용서가 안 된다면 적어도 P\*에서 추방하는 벌은 내리지 말아 주렴. 공원을 모두 돌아보기 전에는 마음이 흡족하지 못할 것 같다. 예쁜 망아지 한 쌍이 끄는 나지막한 사륜마차면 더 바랄 게 없을 것 같다.

---

\* 펨벌리를 가리키는 말이다.

이제 더는 못 쓰겠구나. 아이들이 30분 동안이나 나를 찾고 있단다.

이만 줄일게.

외숙모가

편지 내용을 읽고 엘리자베스는 가슴이 터질 것만 같았다. 그녀의 가슴을 차지하고 있는 감정이 기쁨인지 고통인지 알 수 없었다. 엘리자베스는 다아시가 리디아의 결혼을 성사시키기 위해 어떤 노력을 할지도 모른다는 막연하고 불안한 의혹을 마음속에 품고 있었다. 그러나 그렇게까지 하는 건 너무 지나친 친절이라는 생각이 들었고, 만일 정말 그런 일을 했다면 자신이 그에게 너무도 큰 빚을 지게 되는 일이라 걱정스럽기도 했다. 그런데 그 모든 추측이 모두 사실로 증명되었다. 다아시는 일부러 런던까지 두 사람을 뒤쫓아 갔고, 두 사람을 찾는 과정에서 일어난 모든 어려움과 굴욕감을 견뎌냈다. 자신이 가장 경멸하고 혐오하는 여자에게 간청도 해야 했고, 절대로 마주치고 싶지 않고, 이름을 입에 올리는 것조차 고통스러운 남자를 몇 번이나 만나서 타이르고 설득하고 마지막에는 뇌물까지 줄 수밖에 없었다. 이 모든 일이 전혀 호감도 없고 존중할 수도 없는 한 어린 여자를 위한 것이었다.

엘리자베스의 마음은 다아시가 한 이 모든 일들이 자신을 위해서 한 일이었다고 속삭이고 있었다. 그러나 곧이어 다른 생각이 떠올라 그녀의 희망을 스러지게 만들었다. 자신의 청혼을 이미 거절했던 여자에 대한 다아시의 애정이 위컴과 인척 관계를 맺어야 하는 혐오스러운 감정을 극복할 만큼 강하다고 믿는 것은 허영심 강한 그녀로서도 염치없는 일이었다. 위컴과 동서지간이 되다니! 그의 자존심은 이런 관계를 도저히 견딜 수 없을 것이다. 그는 분명 굉장한 일을 했다. 그가 얼마나 대단한 일을 했는가를 생각하면 그녀는 부끄러워서 견딜 수가 없었다. 그러나 그는 자신이 나선 이유를 분명하게 밝혔고 그 이유는 충분히 납득할 만한 것이었다. 다아시가 자신의 잘못을 시인한 것은 사리에 맞는 일이었고, 그는 관대한 사람이었고, 또 그에게는 그런 관대함을 베풀 만한 재산이 있었다. 엘리자베스는 다아시가 이 일에 개입한 주된 동기가 자기 자신이라고 내세우고 싶지는 않았다. 그러나 그가 자신에 대한 미련 때문에 자신의 마음을 편하게 해 주기 위해 리디아의 일에 적극적으로 개입했을 거라는 생각을 떨쳐 버릴 수는 없었다. 어쨌든 리디아가 집으로 돌아온 것도, 명예를 회복할 수 있었던 것도, 그리고 다른 모든 일들이 모두 다아시의 덕분이었던 것이다.

엘리자베스는 다아시에 대해 품었던 불손한 감정과 그에게 퍼부었던 건방진 말들을 가슴 깊이 뉘우치고 있었다. 그녀는 자신에 대해 부끄러운 감정을 느꼈고, 다아시에 대해서는 자랑스러움을 느꼈다. 다른 사람에 대한 연민과 명예를 위해서 자신의 감정을 극복할 수 있었던 그가 존경스럽기까지 했다. 그녀는 외숙모가 다아시를 칭찬하는 편지 구절을 몇 번이고 되풀이해서 읽었다. 그것만으로는 부족한 칭찬이었지만 그래도 그녀는 기뻤다. 외숙모와 외삼촌은 다아시와 그녀 사이에 애정과 신뢰가 있는 걸로 믿고 있었다. 엘리자베스는 두 분의 기대가 깨어질까 봐 안타까우면서도 한편으로는 기쁘기도 했다.

누군가 다가오는 소리에 엘리자베스는 상념에서 깨

어나 자리에서 일어섰다. 그녀가 다른 길로 접어들기 전에 위컴이 뒤따라왔다. 그는 엘리자베스에게 다가오며 말했다.

"혼자 산책을 즐기시는데 제가 방해가 된 것 같군요, 처형."

엘리자베스는 웃으며 대답했다.

"네. 그렇다고 환영하지 않는다는 뜻은 아니에요."

"방해가 되었다면 정말 죄송합니다. 우리는 항상 좋은 친구였죠. 지금은 더 좋은 친구가 되었지만."

"그래요. 다른 사람들도 나올 건가요?"

"모르겠습니다. 장모님과 리디아는 마차를 타고 메리턴으로 갈 겁니다. 그런데 외삼촌 내외분 말씀을 들으니 처형이 펨벌리에 가셨다고 하던데요."

엘리자베스는 그렇다고 대답했다.

"처형이 정말 부럽군요. 저한테는 과분한 일이겠지만. 그렇지 않다면 뉴캐슬로 가는 길에 그런 기쁨을 누릴 수도 있을 텐데 말입니다. 그곳에서 나이 많은 가정부도 보셨겠군요. 레이놀즈 부인 말입니다. 정말 안 됐어요. 그분은 저를 무척 예뻐하셨죠. 하지만 물론 제 이름을 얘기하지는 않았겠죠."

"아니요, 얘기했어요."

"그래요? 뭐라고 얘기하던가요?"

"위컴 씨가 군대에 입대했다고 하더군요. 그런데 그렇게 잘된 것 같지는 않다고 걱정하시던데요. 그렇게 멀리 떨어진 곳에서는 이상한 오해도 생길 수 있겠죠."

"물론 그렇습니다."

위컴은 입술을 깨물면서 대답했다.

엘리자베스는 그걸로 그의 입을 다물게 할 수 있을 거라고 기대했지만 그는 곧 말을 이었다.

"지난달에 런던에서 다아시를 만나서 깜짝 놀랐습니다. 런던에서 몇 번이나 서로 지나쳤죠. 런던에서 뭘 하고 있는 건지 모르겠더군요."

"드 버그 양과 결혼 준비를 하는 게 아니었을까요? 이럴 때 런던에 갔다면 분명 뭔가 특별한 볼일이 있어서겠죠."

"그럴 겁니다. 램턴에 계실 때 다아시를 만나 보셨나요? 외삼촌 댁에서 들은 얘기로는 두 분이 만나셨다고 하던데."

"네, 만났어요. 동생에게도 우리를 소개시켜 주더군요."

"조지애나 양이 마음에 드시던가요?"

"네, 아주 마음에 들었어요."

"1~2년 동안에 조지애나 양이 많이 좋아졌다는 말은 들었습니다. 제가 마지막으로 봤을 때는 앞날이 걱정스럽던데. 처형의 마음에 드셨다니 다행이군요. 조지애나 양이 잘되길 바랍니다."

"당연히 잘될 거예요. 가장 힘든 시기를 잘 넘겼으니까요."

"킴프턴 마을을 지나셨나요?"

"지나간 기억이 없는데요."

"그 마을 얘기를 꺼내는 건 그곳이 제가 목사직을 위임받기로 했던 교회가 있는 곳이기 때문입니다. 아주 아늑하고 쾌적한 동네죠. 목사관도 훌륭하고. 어느 모로 보나 제게 적합한 곳이었습니다."

"목사가 되었다면 설교하는 걸 좋아하셨을까요?"

"당연히 좋아했을 겁니다. 설교를 제 의무로 생각했을 거고, 그러다 보면 곧 그런 수고쯤은 힘들지 않은 일이 되었겠죠. 이제 와서 불평하는 건 소용없는 일이지만, 분명히 그곳은 저에게 가장 어울리는 곳이었을 겁니다. 조용하고 한가한 생활은 저의 행복에 대한 이상을 충족시켜 주는 삶입니다. 하지만 제 뜻대로 되지 않았죠. 켄트에 계실 때 다아시 씨가 그런 얘기를 하지 않던가요?"

"믿을 만한 분에게서 들은 얘기로는, 목사직은 조건부로 위컴 씨에게 주어진 것이었고 현재의 후원자가 결정하게 되어 있다고 하던데요."

"그 얘기를 들으셨군요. 맞습니다. 그런 부분도 있었죠. 처음부터 제가 그렇게 말씀드렸는데 기억하실지 모르겠습니다."

"예전에는 지금처럼 설교하는 게 체질에 맞지 않는다고 하셨다죠. 그리고 절대로 목사직을 위임받지 않겠다고 선언하셨고, 그래서 그런 뜻에 따라 일이 절충되었다는 얘기를 들었어요."

"그런 말씀을 들으셨군요. 전혀 근거 없는 얘기는 아닙니다. 제가 처음 처형께 그 일에 대해 말씀드렸던 내용을 기억하실지 모르겠군요."

두 사람은 이제 거의 집 문 앞에 도착했다. 엘리자베스는 빨리 위컴을 피하고 싶어서 걸음을 재촉했다. 그러나 리디아를 생각하면 위컴을 화나게 만드는 일은 언니로서 해서는 안 될 행동이었다. 엘리자베스는 억지로 상냥하게 미소를 지으며 말했다.

"위컴 씨, 우린 이제 한 가족이에요. 그러니까 지난 일 때문에 다투지 않기로 해요. 앞으로는 언제나 한마음이 되었으면 좋겠군요."

이렇게 말하면서 엘리자베스는 위컴에게 손을 내밀었다. 그는 어디다 시선을 두어야 할지 몰라 허둥대면서도 정중하고 다정한 태도로 그녀의 손에 입을 맞췄다. 그런 다음 두 사람은 집으로 들어갔다.

## 11

위컴은 엘리자베스와 나눈 대화가 만족스러웠기 때문에 다시 그 문제를 화제에 올려서 스스로 곤혹스러운 지경에 빠지거나 엘리자베스를 자극하는 행동은 하지 않았다. 엘리자베스는 자기가 그의 입을 다물게 했다는 걸 알고 흡족해했다.

드디어 위컴과 리디아가 떠날 날이 다가왔다. 베넷 부인은 어쩔 수 없이 딸과의 이별을 받아들여야 했다. 부인은 온 가족이 올겨울에 뉴캐슬에 가자고 제안했지만 남편은 들은 척도 하지 않았다. 다시 딸을 만나려면 적어도 열두 달은 있어야 할 것 같았다.

"리디아, 내 딸아. 언제 다시 만날 수 있을까?"

베넷 부인은 울먹이며 말했다.

"나도 모르죠. 아마 2~3년 동안은 못 볼 것 같네요."

"자주 편지하렴."

"되도록 자주 편지할게요. 하지만 결혼한 여자들은 편지 쓸 시간이 많지 않다는 거 엄마도 아시잖아요. 언니들이 내게 편지하겠죠. 달리 할 일도 없을 테니까요."

위컴은 자기 아내보다는 다정하게 작별 인사를 했다. 그는 잘생긴 얼굴에 미소를 지으며 귀에 달콤한 말들을 많이도 늘어놓았다. 두 사람이 집에서 나가자마자 베넷 씨가 말했다.

"내가 본 사람들 중에서 가장 훌륭한 청년이야. 능글맞게 히죽거리면서 살살거리는 게 어디 내놓고 자랑하고 싶구나. 윌리엄 루카스 경도 나보다 더 훌륭한 사위를 구하진 못할 거다."

베넷 부인은 딸을 잃은 것 같은 느낌 때문에 며칠 동안 몹시 우울해했다.

"사랑하는 사람과 헤어지는 것보다 더 슬픈 일은 없다는 생각이 자꾸만 드는구나."

"딸을 시집보내면 다 그런 거예요, 어머니."

엘리자베스가 말했다.

"다른 네 딸들은 아직 결혼하지 않았으니까 그걸로 만족하셔야죠."

"그렇지 않아. 리디아는 결혼해서 내 곁을 떠난 게 아니야. 남편 부대가 좀 더 가까웠더라면 그렇게 빨리 떠나지는 않았을 텐데."

그러나 이 일 때문에 울적해진 베넷 부인의 기분은 곧 회복되었고, 그 당시 동네에 떠돌기 시작한 새로운 소식 덕분에 다시 새로운 희망에 들떴다. 며칠간 사냥을 하기 위해 네더필드 집에 주인이 도착할 테니 준비하라는 지시를 가정부가 받았다는 소문을 들었던 것이다. 베넷 부인은 몸이 달아서 잠시도 가만히 있지를 못했다. 그녀는 제인을 쳐다보다가 혼자 미소를 짓다가 머리를 흔들기를 반복했다.

"그래, 됐어. 빙리 씨가 내려온단 말이지. 동생, (필립스 부인이 가장 먼저 소식을 알려 주었다.) 정말 잘된 일이야. 뭐 내가 그렇게 신경 쓰는 건 아니지만, 빙리 씨는 우리하고 아무 상관도 없는 사람이잖아. 난 다시는 그 사람을 보고 싶지도 않아. 하지만 자기가 좋아서 오는 건데 누가 뭐라겠어? 그리고 무슨 일이 생길지 누가 알아? 그렇다고 우리하고 무슨 상관이 있는 건 아니지만. 동생, 자네도 알다시피 우리는 오래전에 그 얘기는 다시 언급하지 않기로 약속했잖아. 그런데, 빙리 씨가 오는 게 확실하긴 한 거야?"

"틀림없어요. 니콜스 부인이 어젯밤에 메리턴에 있었대요. 그 부인이 지나가는 걸 보고 나도 사실을 확인해 보려고 일부러 나가서 물어봤다니까요. 그랬더니 맞다고 했어요. 늦어도 목요일이나 아니 어쩌면 수요일에 내려온대요. 그날 쓸 고기를 주문하러 푸줏간에 가는 길인데, 마침 적당한 오리가 있어서 여섯 마리나 살 거라고 하더라구요."

베넷 양은 빙리 씨가 온다는 소식을 듣자 안색이 변했다. 몇 달 동안 그녀는 엘리자베스에게 빙리의 이름을 한 번도 언급한 적이 없었다. 그러나 두 사람만 남았을 때 그녀가 말했다.

"오늘 이모가 빙리 씨 얘기를 할 때 네가 날 쳐다보더구나. 내가 당황한 표정을 지었다는 거 알아. 그렇다고 내가 바보 같은 생각을 한 건 아니니까 걱정하지 마. 다들 날 쳐볼 것 같아서 순간적으로 당황했던 것뿐이야. 그 소식을 들었을 때 별로 기쁘지도 않았고, 그렇다고 마음이 아프지도 않았어. 빙리 씨가 혼자 내려온다는 게 다행스럽긴 해. 그럼 그분을 볼 일이 적어질 테니까. 나 자신이 두려운 게 아니라 사람들이 내게 관심을 갖는 게 싫은 거야."

엘리자베스는 이 일을 어떻게 받아들여야 할지 알 수가 없었다. 빙리를 더비셔에서 만나지 않았다면 사람들이 말하는 것처럼 사냥을 하기 위해 내려오는 거라고 생각할 수도 있었다. 하지만 그녀는 빙리가 아직도 제인을 마음에 두고 있다고 생각했기 때문에 그가 다아시의 허락을 받고 오는 건지, 아니면 그의 허락 없이 혼자 오기로 작정한 건지 궁금했다. 어느 쪽이 더 가능성이 큰지 판단하기가 어려웠다.

'빙리 씨 입장에서는 자신이 합법적으로 세 든 집에 오는 건데, 다른 사람들이 온갖 억측을 하는 건 너무 심한 일이야. 그분 생각에 맡기는 게 당연한 거지.'

빙리 씨가 도착한다는 소식을 듣고 제인이 아무렇지도 않다고 말했고, 또 본인이 그렇게 믿고 있었음에도 불구하고, 엘리자베스는 제인의 마음이 흔들리고 있다는 걸 감지할 수 있었다. 제인은 어느 때보다 불안정하고 동요하고 있었다. 12개월 전에 베넷 부부 사이에서 격렬한 싸움이 벌어졌던 화제가 다시 두 사람 사이에 논쟁거리가 되었다.

"빙리 씨가 오면 당연히 한번 찾아가 보실 거죠?"

"천만에. 작년에 당신이 날 억지로 빙리 씨를 찾아가게 하면서 장담하지 않았소. 내가 찾아가면 빙리가 우리 딸들 중에서 한 명과 결혼할 거라고 말이오. 그런데 결국 허탕만 치고 말았으니, 나는 다시는 그런 헛걸음은 하지 않을 거요."

베넷 부인은 네더필드로 돌아오는 빙리 씨에게 그만한 예의를 차리는 것은 한동네에 사는 신사로서 꼭 해야 할 일이라고 우겼다.

"그런 게 내가 가장 경멸하는 인사치레요. 우리와 교제하고 싶으면 그 사람더러 직접 찾아오라고 해요. 우리가 어디 사는지 모르는 것도 아니고. 난 내 이웃이 나갔다 들어올 때마다 쫓아다니면서 내 시간을 낭비할 생각은 추호도 없소."

"내가 아는 건, 당신이 찾아가지 않으면 굉장한 실례가 될 거라는 것뿐이에요. 그렇다고 해서 빙리 씨를 우리 집에 초대하지 못할 건 없죠. 난 이미 초대하기로 마음먹었어요. 얼마 안 있으면 롱 부인과 굴딩 씨 부부를 초대하기로 했으니까. 우리 가족까지 합해서 열세 명이면 꼭 한 자리가 남아요. 그 자리에 빙리 씨를 부르면 안성맞춤이겠네요."

베넷 부인은 이렇게 결정하는 걸로 남편의 결례를 참을 수 있었다. 그렇지만 자기 가족보다 이웃 사람들이 먼저 빙리 씨를 만날 거라고 생각하면 속이 뒤틀려서 견딜 수가 없었다. 빙리가 도착할 날짜가 가까워 오자 제인이 동생에게 말했다.

"그분이 오는 게 점점 걱정되는구나. 난 별일 아니라고 생각하고 태연하게 그분을 대할 수 있어. 그런데 왜들 그 일을 가지고 야단인지 모르겠어. 물론 어머니는 좋은 마음에서 그러시는 거지만, 듣는 내가 얼마나 괴로울지는 전혀 생각하지 않으시는 것 같아. 어머니뿐 아니라 다른 사람도 이해가 안 돼. 난 빙리 씨가 네더필드를 완전히 떠나면 정말 마음이 홀가분할 것 같아."

"언니에게 위로가 될 만한 얘기를 해 주고 싶지만 무슨 말을 해야 할지 모르겠어. 언니는 내 마음 알지? 힘들어하는 사람한테 인내하라고 설교하는 건 질색이야. 그렇게 말하지 않아도 언니는 지금까지 정말 잘 참아 왔잖아."

드디어 빙리가 도착했다. 베넷 부인은 하인들을 통해 그 소식을 가장 먼저 들었기 때문에 불안과 초조에 시달리는 시간도 그만큼 더 길었다. 부인은 빙리를 초대할 수 있을 때까지 남은 날짜를 세어 보고 그전에는 만날 기회가 없을 거라고 생각했다. 그러나 그가 하트퍼드셔에서 온 지 사흘째 되던 날 아침, 베넷 부인은 화장실 창문으로 빙리가 말을 타고 목장에 들어서서 집으로 오는 모습을 보았다.

베넷 부인은 이 놀랍고 기쁜 소식을 알리기 위해 다급하게 딸들을 불러 모았다. 소식을 들은 제인은 그대로 식탁 앞에 앉아 있었지만, 엘리자베스는 어머니의 기분을 맞춰 주려고 창가로 다가갔다. 그러나 다아시가 그와 함께 오는 모습을 보자 다시 돌아와 제인 옆자리에 앉았다.

"어머니, 빙리 씨하고 또 한 사람이 오고 있어요. 누굴까요?"

키티가 말했다.

"친구 아니면 아는 사람이겠지. 나도 누군지 모르겠다."

"항상 빙리 씨와 함께 다니던 사람인 것 같아요. 이름이 뭐였죠? 키가 크고 잘난 척하던 사람 있잖아요."

"세상에, 다아시 씨 아냐! 틀림없어. 하지만 지금은 빙리 씨 친구라면 누구라도 환영해야지. 빙리 씨 친구만 아니라면 꼴도 보기 싫은 사람이다만."

제인은 당황스럽고 걱정스러운 표정으로 엘리자베스를 쳐다보았다. 제인은 엘리자베스가 더비셔에서 다아시를 만났던 일에 대해 자세히 알지 못했다. 다아시의 장황한 편지를 받은 후 두 사람이 처음 만나는 거라고 생각해서 엘리자베스가 그를 보면 무척 어색하고 불편할 거라고 걱정스러워했다.

제인도 엘리자베스도 불안하고 불편하기는 마찬가지였다. 두 자매는 서로를 걱정했고 당연히 자신의 일도 걱정했다. 베넷 부인은 다아시 씨가 정말 싫다면서 그 사람을 단지 빙리 씨의 친구로만 대하겠다며 수다를 늘어놓았지만, 두 딸의 귀에는 전혀 들리지 않았다. 엘리자베스에게는 제인이 짐작하지 못하는 다른 부담감이 있었다. 엘리자베스는 아직 제인에게 가디너 부인의 편지를 보여 주고, 다아시에 대한 자신의 감정의 변화를 말할 용기가 없었다. 제인은 다아시를 동생에게 청혼을 거절당한 남자로 생각했고 아직 그의 가치를 제대로 인정하지 못했다.

그러나 다아시에 대해 제인보다 더 많은 사실을 알고 있는 엘리자베스에게 그는 자기 가족에게 큰 은혜를 베풀어 준 사람이었다. 그녀는 제인이 빙리에 대해 품고 있는 것처럼 애틋한 감정은 아니지만 다아시에 대해 이성적인 호감과 애정을 가지고 있었다. 그런 다아시가 네더필드와 롱본에 자발적으로 자신을 찾아와 주었다는 것은 더비셔에서 그의 달라진 태도를 보았을 때만큼 놀라운 일이었다. 그녀의 얼굴은 창백하게 질렸다가 다시 빨갛게 달아올랐고 기쁨의 미소가 두 눈에 광채를 더해 주었다. 그의 애정과 희망이 아직도 변하지 않은 게 분명했지만, 아직 그의 감정을 확신하기에는 이르다고 생각했다.

'우선 어떻게 행동하는지 지켜보는 게 좋겠어. 나중에 판단해도 늦지 않아.'

엘리자베스는 자리에 앉은 채 손에 들고 있는 일감에 정신을 집중하고 있었다. 그녀는 침착한 모습을 흐트러지 않으려고 애를 쓰면서 눈을 들어 올릴 생각조차 못하고 있었다. 그러다가 하인이 문으로 다가올 때 더 이상 궁금증을 참지 못하고 고개를 들어 언니의 얼굴을 쳐다보았다. 제인은 평소보다 얼굴이 더 창백하긴 했지만 생각했던 것보다는 침착해 보였다. 남자들이 들어서자 제인의 얼굴이 살짝 붉어졌다. 그러나 화가 난 기색을 보이지도 않았고, 지나친 친절도 보이지 않으면서 편안하게 그들을 맞이했다.

엘리자베스는 예의에 어긋나지 않는 한도 안에서 되도록 말을 아꼈다. 그리고 다시 자리에 앉아서 여느 때와는 달리 열심히 뜨개질에 몰두했다. 그녀는 용기를 내서 딱 한 번 다아시를 쳐다보았다. 그는 평소처럼 진지한 표정이었지만, 펨벌리에서 보았던 표정보다 하트퍼드셔에서 본 표정과 비슷했다. 엘리자베스의 어머니

앞이라서 외삼촌과 외숙모 앞에서 하던 것처럼 편하게 행동할 수 없을 거라는 생각이 들었다. 그런 생각이 들자 엘리자베스는 다시 마음이 불편해져서 그를 마주 볼 수 없을 것 같았다.

엘리자베스가 잠시 바라본 빙리는 즐거워 보였지만 한편으로는 당황스러워하는 모습이었다. 빙리에 대한 요란스러운 환대에 비해, 다아시를 대하는 베넷 부인의 태도는 쌀쌀맞고 형식적이어서 딸들은 민망해서 몸 둘 바를 모를 지경이었다.

다아시는 리디아를 씻을 수 없는 불명예에서 구해 준 사람이었다. 그러므로 베넷 부인은 누구보다 그에게 큰 은혜를 입은 셈이었다. 그러나 그런 사실은 꿈에도 모른 채 그를 냉대하는 어머니의 모습을 보는 엘리자베스는 너무도 마음이 불편하고 아팠다.

다아시는 엘리자베스에게 가디너 씨 부부의 안부를 물어 왔다. 엘리자베스는 당황해서 더듬거리며 겨우 대답을 했다. 다아시는 그런 다음에는 거의 말을 하지 않았다. 그가 앉아 있는 자리가 엘리자베스의 옆자리가 아닌 탓도 있었지만, 더비셔에서는 그렇게 행동하지 않왔던 것 같았다. 더비셔에서 다아시는 엘리자베스와 대화를 나누지 않을 때는 그녀의 친척들에게 말을 걸었다. 그러나 지금은 몇 분이 지나도록 그의 목소리를 들을 수 없었다. 엘리자베스는 궁금한 마음을 억누르지 못하고 이따금 눈을 들어 그의 얼굴을 쳐다보았다. 그는 제인과 엘리자베스를 번갈아 쳐다보다가 그렇지 않을 때는 바닥만 내려다보고 있었다. 지난번 만났을 때보다 더 심각하고 진지해 보였고 사람들과 어울리고 싶은 마음이 없는 것 같았다. 그녀는 그런 그의 모습에 어쩐지 화가 났다. 그리고 실망하는 자신에게 더더욱 화가 치밀었다.

'내가 그이에게 뭘 기대할 수 있겠어? 그렇지만 그는 도대체 왜 여기에 온 걸까?'

엘리자베스는 속으로는 오직 다아시하고만 얘기를 나누고 싶었지만, 도저히 그에게 말을 건넬 용기가 나지 않았다. 겨우 누이동생의 안부만 묻고 그걸로 끝이었다.

"빙리 씨, 이곳을 떠나신 지 꽤 오래됐죠?"

베넷 부인이 말했다. 그는 그렇다고 대답했다.

"빙리 씨가 다시 돌아오시지 않으면 어쩌나 걱정했답니다. 사람들이 빙리 씨가 미카엘 축제 때 아주 네더필드를 떠나실 거라고들 했지만 난 사실이 아니길 바랐답니다. 여기를 떠나 계신 동안 아주 많은 일들이 있었죠. 루카스 양이 결혼해서 정착했고, 제 딸 하나도 결혼했답니다. 아마 기사를 읽으셨을걸요. 틀림없이 신문에서 보셨을 거예요. 타임스와 쿠리어지에 실렸거든요. 제대로 된 기사는 아니었지만 말이에요. '최근, 조지 위컴 씨와 베넷 양 결혼.' 이렇게만 나왔죠. 아버지가 누구고 사는 곳은 어디고 하여튼 그런 건 한 자도 안 넣었지 뭐예요? 제 동생 가디너가 작성한 건데 왜 그렇게 엉성하게 일처리를 했는지 모르겠어요. 혹시 그 기사 보셨나요?"

빙리는 보지 못했다고 대답하고 축하 인사를 했다. 엘리자베스는 눈을 들어 올릴 수조차 없었다. 그래서 다아시가 어떤 표정을 짓고 있는지 알 수가 없었다.

"딸을 잘 시집보내는 건 정말 기쁜 일이죠. 그렇지만 빙리 씨, 먼 곳으로 딸을 빼앗기는 건 한편으로는 너무 가슴 아픈 일이랍니다. 그 애들은 뉴캐슬로 갔어요. 북쪽 끝에 있는 곳이라나 봐요. 거기서 얼마나 살 건지 모르겠어요. 부대가 그곳에 있거든요. 전에 있던 부대에서 나와 정규군에 입대했다는 말 들으셨죠? 정말 다행이지 뭐예요. 친구들이 도와줬나 봐요. 위컴 씨에 비길 만한 친구는 많지 않지만 말이죠."

엘리자베스는 어머니의 마지막 말이 다아시를 가리키는 걸 알고 너무나 창피해서 도저히 자리를 지키고 앉아 있을 수가 없었다. 이런 상황을 어떻게든 모면해야겠다는 생각에서 그녀는 나오지 않는 말을 억지로 꺼내서 빙리에게 이곳에 얼마 동안 있을 예정이냐고 물었다. 그는 몇 주 정도 있게 될 것 같다고 대답했다.

"빙리 씨, 네더필드의 새를 다 잡으시면 롱본에 오셔서 저희 주인 양반 소유지에서 사냥하세요. 그이도 그렇게 하는 걸 기뻐하실 거예요. 아마 제일 좋은 사냥감을 남겨 두실 겁니다."

베넷 부인의 지나친 참견에 엘리자베스는 더욱더 비참한 기분에 빠져들어 갔다. 1년 전 그들의 마음을 들뜨게 했던 행복한 기대가 지금도 똑같이 되풀이되고 있었다. 그 아름다운 꿈은 그때와 다름없이 고통스러운 종말을 향해 치닫고 있는지도 몰랐다. 그녀는 그 순간 자신이 느낀 당혹감과 수치심은 미래의 어떤 행복으로도 보상받을 수 없다고 생각했다.

'내가 지금 진심으로 바라는 건 다시는 이 두 사람을 만나지 않는 거야. 저 사람들과 교제하는 게 아무리 즐거운 일이라고 해도 지금 내가 느끼는 이 비참한 심정을 보상해 줄 수는 없어. 두 사람 모두 다시는 만나고 싶지 않아!'

엘리자베스는 마음속으로 이렇게 울부짖었다.

엘리자베스는 앞으로 어떤 행복을 누린다고 해도 지금의 수치심과 모멸감은 보상받을 수 없을 거라는 비참한 심정에 빠져 있었다. 빙리는 제인의 아름다운 모습을 보자 새삼 애모의 감정이 되살아난 것처럼 보였다. 엘리자베스는 그의 모습을 보며 어느 정도 위안을 얻었다. 빙리는 처음 방에 들어왔을 때는 제인에게 거의 말을 걸지 않았다. 그러나 시간이 흐를수록 점점 제인에게 깊은 관심을 보였다. 제인은 작년과 달라진 게 없이 여전히 아름다웠다. 말수가 약간 줄어든 것 같기는 했지만 상냥하고 꾸밈없이 소박한 태도는 변함이 없었다. 제인은 사실 예전과 달라지지 않은 모습을 보이려고 무진 애를 쓰고 있었다. 그리고 자신이 평소만큼 자연스럽게 말을 하고 있다고 생각했다. 그러나 머릿속이 너무 많은 생각에 가득 차 있어서 자신이 거의 말을 하지 않는다는 것조차 의식하지 못하고 있을 뿐이었다.

신사들이 돌아가려고 일어서자 베넷 부인은 마음속으로 계획하고 있던 일을 잊지 않고 수일 내에 두 사람을 롱본으로 초대하겠다고 말했다.

"우리 집을 방문할 빚이 남아 있는 거 아시죠? 지난겨울에 런던으로 떠나실 때 돌아오면 우리 가족하고 저녁 식사를 하기로 약속하셨잖아요. 전 그 약속을 잊지 않고 있었답니다. 빙리 씨가 돌아오신 후에 약속을 지키지 않아서 얼마나 실망했는지 몰라요."

빙리는 어리둥절한 표정으로 생각을 더듬는 듯했지만, 곧 일이 생겨서 약속을 지키지 못했다고 사과했다.

베넷 부인은 바로 그날 저녁 식사에 두 사람을 초대하고 싶은 마음이 굴뚝같았다. 그러나 눈물을 머금고 며칠 후로 미룰 수밖에 없었다. 평소에도 늘 식탁이 풍성하기는 했지만, 두 코스의 요리로는 특별한 사심을 품고 있는 빙리 씨에게 충분한 대접을 할 수 없을 것 같기도 했고, 더구나 연 수입이 1만 파운드나 되는 다아시 씨의 미각과 자만심을 만족시킬 수는 없을 것 같았다.

## 12

두 사람이 돌아가고 난 후 엘리자베스는 기분 전환을 하기 위해 산책을 나섰다. 그러나 깊이 생각하면 할수록 기분이 더 우울하고 무거워졌다. 그녀는 다아시의 태도가 당혹스럽고 이해가 되지 않았다.

'그렇게 말도 안 하고 심각하고 차가운 표정으로 있을 거면 뭐 하러 여긴 온 거지?'

그녀는 다아시가 온 이유에 대해 속 시원한 답을 찾을 수가 없었다.

'런던에 있을 때는 외삼촌과 숙모에게 그렇게 친근하고 살갑게 굴더니 내겐 왜 그렇게 대하지 않는 걸까? 내가 두렵다면 여기에 올 이유가 없었잖아? 이제 나를 좋아하지 않는다면 그렇게 침묵만 지키고 있을 필요는 없을 텐데. 정말 이해할 수 없는 사람이야. 이제 더 이상 그 사람에 대한 생각은 하지 말아야겠어.'

그녀의 이런 다짐은 언니가 다가오는 바람에 잠시 중단되었다. 제인은 밝은 표정으로 동생 옆에 와서 앉았다. 그녀의 표정으로 짐작건대 그녀는 방문한 손님들에 대해 만족스러워하는 것 같았다.

"그분을 다시 만나고 나서 마음이 정말 편해졌어. 내가 얼마나 강한지도 알게 됐고, 그분이 다시 온다고 해도 절대 당황하지 않을 자신이 생겼어. 화요일에 우리 집에서 저녁 식사를 한다니 다행이야. 그럼 우리가 이제 특별한 사이가 아닌 친구로 만난다는 걸 사람들이 알게 될 테니까 말이야."

"그래, 평범한 친구 사이지."

엘리자베스가 웃으면서 말했다.

"하지만, 언니 조심해."

"리지, 넌 내가 다시 위험에 빠질 정도로 나약하다고 생각하는 거니?"

"아니, 언니가 빙리 씨를 예전처럼 다시 사랑에 빠지

게 할 위험이 있다고 생각해."

그들은 화요일이 되어서야 다시 그 신사들을 만났다. 그동안 베넷 부인은 지난번 30분 동안 방문했을 때 빙리 씨가 예전과 다름없이 밝고 예의 바른 태도를 보여준 것에 힘을 얻어 다시금 행복한 계획을 짜느라 여념이 없었다.

화요일에 롱본에 많은 사람들이 모여들었다. 그들이 가장 마음 졸이며 기다리던 두 사람은 시간 엄수를 중요시하는 사냥꾼들답게 정확히 시간에 맞춰 도착했다. 그들이 식당으로 들어가자 엘리자베스는 빙리가 예전처럼 제인의 옆자리에 앉는지 주시했다.

이런 일에는 눈치 빠른 베넷 부인도 같은 생각을 하고 있던 터라 빙리를 자기 옆자리에 앉게 하고 싶은 마음을 애써 눌렀다. 빙리는 방으로 들어서자 잠시 망설이는 것 같았다. 그러나 제인이 주위를 둘러보면서 웃는 모습을 보자 그 순간 모든 일이 결정되었다. 그는 제인 옆자리에 자리를 잡았다. 엘리자베스는 승리감을 맛보며 그의 친구에게 시선을 돌렸다. 다아시는 점잖고 태연한 표정을 짓고 있었다. 빙리 역시 어색하고 불안한 미소를 지으며 다아시를 쳐다보고 있었다. 그런 빙리의 모습을 목격하지 않았더라면, 엘리자베스는 그가 다아시에게서 제인과의 결혼 승낙을 받아 냈다고 생각했을 것이다.

식사를 하는 동안 빙리는 전보다 더 주시하는 눈들이 많은데도 제인에 대한 애정을 숨기려 하지 않았다. 엘리자베스는 둘만의 시간을 가진다면, 두 사람의 애정과 행복이 급속도로 진행될 수 있을 거라고 생각했다. 언니에 대한 빙리의 태도를 보는 것만으로도 엘리자베스는 흡족했다. 그녀는 결코 유쾌한 기분은 아니었지만, 언니의 사랑이 결실을 맺을 거라는 기대로 조금은 기운이 나는 것 같았다.

다아시는 엘리자베스와 가장 거리가 먼 식탁 맞은편에 앉아 있었다. 그의 자리는 베넷 부인 바로 옆자리였는데, 두 사람 모두에게 전혀 즐거움이나 이득이 되지 않는 배치였다. 두 사람의 대화가 들리지는 않았지만, 서로 거의 대화를 나누지 않았고 어쩌다 말을 건네도 형식적이고 냉랭한 말이 오간다는 걸 알 수 있었다.

어머니의 무례한 태도를 보자 엘리자베스는 자기 가족이 다아시에게 얼마나 큰 빚을 지고 있는가를 생각하고 마음이 불편해서 견딜 수가 없었다. 그녀는 다아시에게 가족 모두가 그가 베푼 은혜를 모르고 있는 건 아니라고 말하고 싶었다. 그런 충동을 억누르느라 힘이 빠질 지경이었다.

엘리자베스는 저녁에 다아시와 둘만 있게 될 기회가 오기만을 기대했다. 그들이 가기 전에 형식적인 인사 이상의 대화도 나누지 못할까 봐 두려웠다. 두 사람이 들어오기 전에 엘리자베스는 응접실에서 불안하고 초조하게 그들을 기다리며 지루하고 우울한 시간을 보냈다. 그녀는 그날 저녁을 즐겁게 보낼 수 있는 기회가 그 순간에 결정되기라도 하는 것처럼 초조하게 그들이 들어오기를 기다렸다.

'다아시가 다시 나한테 말을 걸지 않으면 난 영원히 그를 단념할 거야.'

엘리자베스는 속으로 이렇게 다짐했다.

드디어 두 사람이 응접실로 들어왔다. 엘리자베스는 그들이 마치 자신의 속마음에 응답한 것처럼 느꼈다.

그러나 안타깝게도 제인은 차를 만들고 있었고, 차를 따르는 테이블 주변에 여자들이 무슨 모의라도 하는 것처럼 빈틈없이 모여 있어서 엘리자베스 옆에는 의자 하나 놓을 자리가 없었다. 게다가 신사들이 다가오는 것을 보자 한 여자가 그녀의 귀에 대고 속삭였다.

"남자들이 와서 우리를 갈라놓지 못하게 해야겠다. 우리는 남자들은 필요 없어. 그렇지?"

그래서 다아시는 다른 쪽으로 걸어가 버리고 말았다. 그녀는 그를 응시하며 그가 말을 건네는 사람들을 부러워하느라 차를 따르는 일마저 잊어버릴 지경이었다. 그러다 어리석은 자신의 행동에 다시 화가 치밀어 올랐다.

'그는 이미 내게 한 번 거절당했던 사람이야! 그런 남자에게 다시 나에 대한 애정이 되살아나기를 기대한다는 건 너무 어리석은 일이야. 같은 여자에게 두 번이나 청혼할 만큼 쓸개 빠진 남자가 어디 있을라고. 모욕도 그렇게 참기 힘든 모욕은 없을 거야.'

그러나 다아시가 직접 자신의 커피를 가지고 오는 걸 보자 엘리자베스는 용기를 내어 말을 건넬 기회를 잡았다.

"누이동생은 아직 펨벌리에 있나요?"

"네, 크리스마스 때까지는 거기 있을 겁니다."

"혼자서요? 다른 친구들은 모두 떠났잖아요?"

"앤즐리 부인과 같이 있습니다. 다른 사람들은 3주 전에 스카보로에 갔습니다."

엘리자베스는 더 이상 할 말이 떠오르지 않았다. 다아시가 그녀와 대화하기를 원했다면 더 좋은 대화거리를 생각해 낼 수 있을 거라고 생각했다. 그러나 그는 아무 말 없이 몇 분 동안 그녀의 곁에 서 있기만 했다. 그러다가 그 젊은 아가씨가 엘리자베스의 귀에 대고 다시뭔가 속삭이는 걸 보자 다른 쪽으로 가 버렸다.

찻잔과 다른 물건들이 치워지고 카드 테이블이 차려지자 여자들은 모두 자리에서 일어섰다.

엘리자베스는 이제 다아시와 함께 시간을 보낼 수 있을 거라고 기대했지만 그런 기대 역시 물거품이 되고말았다. 어머니가 휘스트 게임을 할 사람 숫자를 채우려는 욕심으로 다아시를 데려가서 자리에 앉히는 모습을 보았기 때문이었다.

이제 엘리자베스는 아무런 희망도 가질 수 없었다.

저녁 내내 그들은 다른 테이블에 앉아 있었다. 다아시가 자주 그녀에게 눈길을 돌리는 바람에 그 역시 자기처럼 게임을 제대로 하지 못하고 있다는 걸 알 수 있었고, 그 것만이 그녀가 기대할 수 있는 유일한 희망이었다.

베넷 부인은 빙리와 다아시를 저녁 내내 붙잡아 둘 요량이었지만, 아쉽게도 두 사람은 다른 사람들보다 먼 저 마차를 불렀고 그래서 그녀는 그들을 더 잡아 둘 기 회를 놓치고 말았다. 그녀는 그들이 떠나고 가족들만 남게 되자마자 말했다.

"얘들아, 오늘 어땠니? 난 모든 게 아주 기가 막힐 정 도로 잘된 것 같은데 말이다. 내가 지금까지 본 것 중 에서 가장 잘 차린 만찬이었어. 사슴 고기는 아주 적당 하게 구워졌고, 모두들 그렇게 살이 많은 허리 고기는 처음 본다고 하지 않던? 수프도 지난주에 루카스 댁에 서 먹은 것보다 50배는 더 맛있었어. 다아시 씨도 자고 새 요리가 아주 일품이라고 인정하지 않았니? 그 댁에 는 프랑스인 요리사가 적어도 두세 명은 될 텐데 말이 다. 제인, 오늘 따라 네가 얼마나 예뻐 보였는지 모른다. 롱 부인도 네가 예쁘다고 야단이었어. 내가 물어봤거든.

게다가 뭐라고 했는지 아니? '베넷 부인, 드디어 따님을 네더필드에서 보게 되겠네요.' 이러는 거야. 롱 부인은 정말 좋은 사람이야. 부인의 조카딸들도 정말 얌전한 아가씨들이지. 인물은 없지만, 난 그 애들이 정말 마음에 든다."

베넷 부인은 한마디로 기분이 하늘에 붕 떠 있었다. 빙리 씨가 제인을 대하는 태도를 보고 그녀는 드디어 그를 사위로 맞이하게 되었다고 확신했던 것이다. 그녀는 상황을 자기 집안에 유리한 쪽으로만 해석해서 멋대로 기대를 부풀렸고, 바로 다음 날 빙리 씨가 청혼하러 오지 않자 실망이 이만저만이 아니었다.

"정말 유쾌한 하루였어. 파티에 참석하는 사람도 잘 선택했고 모두들 잘 어울렸어. 자주 만날 수 있으면 좋을 것 같아."

제인이 엘리자베스에게 말했다.

엘리자베스는 말없이 웃어 보였다.

"리지, 너 그러면 안 돼. 날 의심하는 거지? 그럼 난 정말 억울하단다. 난 그분과 얘기할 때 그저 유쾌하고 센스 있는 청년으로 대할 수 있었어. 그 이상은 기대하지 않았어. 현재 그분의 태도로 봐서 다시 내게 구애할 생각은 전혀 없는 것 같더라. 난 지금 아주 만족해. 난 그분이 다른 남자들보다 훨씬 더 부드러운 말투를 지녔고 남달리 다른 사람을 즐겁게 하기 때문에 그분을 좋아하는 것뿐이야."

"언니, 정말 짓궂은 거 알아? 날더러 웃지 말라고 하면서 자꾸 웃음이 나오게 만들고 있잖아."

"내 말을 믿게 만든다는 게 이렇게 어려울 때도 있구나."

"불가능한 경우도 있지."

"왜 내가 인정하는 것 이상의 감정을 가지고 있다고 날 설득하려고 드는 거니?"

"그건 내가 대답하기 곤란한 질문이야. 사람들이 원래 그렇잖아. 알 만한 가치가 없는 것만 가르칠 수 있는 주제에 남을 가르치길 좋아하는 존재들이지. 언니, 용서해 줘. 그래도 언니가 그분에게 무관심하다고 우기려면 내게 진심을 털어놓지 말아야 할걸."

## 13

    며칠 후 빙리가 다시 롱본을 찾아왔다. 그는 혼자였다. 다아시는 그날 아침 런던으로 떠나 열흘 후 다시 돌아올 거라고 했다. 빙리는 베넷 가족들과 한 시간 넘게 같이 있었고, 무척 기분이 좋아 보였다. 베넷 부인은 함께 식사를 하자고 권했지만 그는 다른 약속이 있다면서 유감을 표시했다.

    "다음에 오실 때는 꼭 함께 식사를 하셨으면 좋겠어요."

    그는 언제든 흔쾌히 응하겠다고 말했다. 그리고 베넷 부인이 허락한다면 빠른 시일 내에 방문하고 싶다고 했다.

"그럼 내일 오실 수 있으신가요?"

베넷 부인이 묻자 그는 다음 날 약속이 없다면서 흔쾌히 수락했다.

이튿날 빙리는 여자들이 옷을 차려입기도 전에 일찌감치 찾아왔다. 베넷 부인은 머리를 손질하다 말고 화장할 때 걸치는 가운을 입은 채 제인의 방으로 뛰어 들어갔다.

"제인, 서둘러. 빨리 내려가 봐라. 빙리 씨가 왔어. 사라, 이리 와서 아가씨 옷 입는 것 좀 거들어라. 리지 아가씨 머리는 나중에 해도 돼."

그러자 제인이 말했다.

"될 수 있는 대로 빨리 내려갈게요. 하지만 키티가 우리보다 빨리 나갈 거예요. 30분 전에 올라갔거든요."

"아휴! 키티가 뭘 하겠니? 빨리 서둘러라, 빨리! 허리띠는 어디 있지?"

어머니가 가고 나자 제인은 동생과 같이 가지 않으면 혼자 내려가지 않겠다고 우겼다. 베넷 부인은 저녁에도 빙리와 제인 두 사람만 있게 하려고 안달이었다. 차를 마시고 나자 베넷 씨는 평소의 습관대로 자기 서재로

들어갔고, 메리는 피아노를 치기 위해 위층으로 올라갔
다. 다섯 중에서 두 명의 장애물이 제거되고 나자, 베넷
부인은 엘리자베스와 캐서린에게 계속 눈을 깜빡거리
며 신호를 보냈지만 두 사람은 전혀 협조하지 않았다.
엘리자베스는 모른 척하고 있었고, 키티는 천진난만하
게 말했다.

"왜 그러세요, 엄마? 왜 계속 저를 보면서 눈을 깜빡
이는 거예요?"

"아무것도 아니야. 아니, 난 네게 눈 깜빡인 적 없다."

그러나 5분이 지나자 더 이상 귀중한 시간을 낭비할
수 없다는 생각이 들었는지 갑자기 일어나서 키티에게
할 말이 있다면서 방에서 끌고 나갔다. 그 순간 제인이
엘리자베스를 쳐다보았다. 그 시선에는 어머니의 전략
에 넘어가지 말라는 애원이 담겨 있었다. 몇 분 후 베넷
부인이 문을 반쯤 열더니 엘리자베스를 불러냈다.

"리지, 네게도 할 말이 있다."

엘리자베스는 어머니의 성화에 못 이겨 방에서 나가
지 않을 수 없었다.

"두 사람만 있게 하는 게 좋지 않니?"

복도로 가자마자 베넷 부인이 말했다.

"나는 키티를 데리고 2층으로 올라가서 옷 방에 있어야겠다."

엘리자베스는 어머니에게 따지고 들 생각을 버리고 어머니와 키티가 보이지 않을 때까지 조용히 복도에 서 있다가 다시 거실로 돌아갔다.

베넷 부인의 계획은 헛수고로 돌아가고 말았다. 빙리는 모든 면에서 마음에 들게 행동했지만 자기가 딸의 연인이라는 사실을 공공연하게 밝히지는 않았다. 빙리는 여유 있고 유쾌한 성격으로 그날 저녁 파티를 한층 더 즐거운 시간으로 만들었다. 그는 베넷 부인의 주제 넘은 간섭과 참견을 잘 참아 냈고, 부인의 온갖 어리석은 말들을 전혀 무시하거나 불쾌하게 생각하는 기색 없이 잘 받아넘겼다.

제인은 빙리의 그런 태도가 더없이 고마웠다. 그는 저녁 시간까지 머물러 달라는 부탁을 할 필요도 없이 선뜻 저녁을 함께 먹었고, 가기 전에 이튿날 아침 베넷 씨와 함께 사냥을 하러 오겠다고 약속했다. 이것은 자신의 의사이기도 했지만 베넷 부인의 권유에 따른 결정이었다.

이날 이후로 제인은 빙리가 자신에게 무관심하다는 말을 더 이상 하지 않게 되었다. 둘 사이에 빙리에 관한 이야기가 한마디도 나오지 않았지만, 엘리자베스는 다아시가 예정보다 빨리 돌아오지만 않는다면, 모든 일이 신속하게 마무리 지어질 수 있을 거라는 행복한 기대를 하며 잠자리에 들 수 있었다. 하지만 그녀는 이 모든 일들이 다아시의 동의하에 이루어졌을 거라고 어느 정도 추측하고 있었다.

빙리는 약속 시간에 정확히 맞춰서 도착했다. 그는 약속한 대로 베넷 씨와 오전 시간을 함께 보냈다. 베넷 씨는 빙리가 생각했던 것보다 훨씬 더 유쾌한 사람이라는 생각이 들었다. 빙리에게는 그를 자극해서 비웃고 싶은 마음이 들게 하거나, 혐오감을 일으켜서 대화하고 싶은 생각이 사라지게 할 만한 점이 전혀 없었다. 그래서 베넷 씨는 지금까지 빙리가 보았던 것보다 더 많은 말을 했고 괴팍스러운 면모도 보이지 않았다. 빙리는 베넷 씨와 함께 돌아와서 아침 식사에 참석했다.

저녁이 되자 베넷 부인은 다시 빙리와 제인을 단둘이

있게 만들려는 작전을 실행하고 있었다. 다행히 엘리자베스는 편지 쓸 일이 있어서 차를 마시고 나서 식당으로 갔다. 다른 사람들은 응접실에서 카드놀이를 하기로 되어 있어서 굳이 혼자 남아 어머니의 계획을 망치고 싶지 않았다.

편지를 다 쓰고 응접실로 돌아왔을 때 엘리자베스는 어머니의 머리가 자신이 따라갈 수 없을 만큼 비상하다는 걸 알고 놀라지 않을 수 없었다. 문을 열자마자 벽난로 앞에 서서 진지하게 대화에 열중하고 있는 제인과 빙리의 모습이 눈에 들어왔다. 뒤를 돌아보고 황급하게 서로 떨어지는 두 사람의 얼굴은 모든 걸 분명하게 말해 주고 있었다. 어색하기 짝이 없는 상황이었지만 더 난감해한 사람은 엘리자베스였다. 아무도 먼저 말을 꺼내지 않았다. 엘리자베스가 다시 문을 닫고 나가려고 할 때 제인과 함께 의자에 앉았던 빙리가 벌떡 일어나 제인에게 뭔가 귓속말을 하더니 황급히 방 밖으로 달려나갔다.

제인은 엘리자베스가 듣고 기뻐할 소식을 더 이상 감출 수가 없었다. 그녀는 동생을 포옹하면서 생기에 넘쳐 지금 자기가 세상에서 가장 행복한 사람이라고 말했다.

"어떻게 이런 일이 일어날 수 있는 걸까! 내겐 너무 벅찬 일이야. 난 그럴 만한 자격이 없어. 나처럼 행복한 사람이 있을까?"

엘리자베스는 진심으로 기뻐하며 뜨겁게 축하해 주었다. 그녀의 벅찬 기쁨은 도저히 말로는 표현할 수 없을 정도였다. 동생의 축하는 제인을 더욱더 행복하게 만들어 주었다. 그러나 제인은 동생에게 자신의 기쁨을 반도 얘기하지 못했다.

"어머니한테 가 봐야겠어. 어머니가 그동안 얼마나 애태우며 걱정하셨니? 내가 직접 전해 드려야겠어. 그이는 벌써 아버지한테 갔단다. 오! 리지, 사랑하는 가족들에게 기쁜 소식을 전할 수 있어서 얼마나 좋은지 몰라. 난 지금 너무 행복해서 죽을 것만 같아."

제인은 서둘러 어머니에게로 달려갔다. 베넷 부인은 일부러 카드놀이판을 걷어 버리고 키티와 함께 위층에 앉아 있었다.

혼자 남게 된 엘리자베스는 몇 달 동안 그들을 초조하고 애타게 했던 일이 너무도 쉽게 일사천리로 해결된 걸 생각하며 안도의 미소를 지었다.

"빙리 씨의 친구가 그렇게 안달하면서 걱정하던 일이 이렇게 끝나 버리는 건가! 그 누이가 꾸미던 거짓말과 계략도 이젠 다 끝났어. 이거야말로 가장 행복하고 현명하고 합리적인 결말이 아니고 뭐겠어."

그녀는 이렇게 혼잣말을 하며 기쁨을 만끽했다.

얼마 지나지 않아 빙리가 다시 들어왔다. 아버지와의 짧은 면담이 성공적으로 끝난 것 같았다.

"언니는 어디 계신가요?"

그가 문을 열면서 다급하게 물었다.

"위층에 어머니와 함께 있어요. 아마 곧 내려올 거예요."

빙리는 문을 닫고 엘리자베스에게 다가와 동생으로서 축하해 달라고 말했다. 엘리자베스는 머지않아 형부와 처제 사이가 되는 게 진심으로 기쁘다고 말했다. 두 사람은 다정하게 악수를 나눴고, 엘리자베스는 언니가 내려올 때까지 빙리의 행복한 고백을 들어 주어야 했다. 그는 제인이 완벽한 여성이라며 칭찬을 아끼지 않았다. 엘리자베스는 빙리가 사랑에 빠져 있지만 그의 행복한 기대가 합리적인 판단 위에 세워진 거라고 믿었다. 제인이 훌륭한 지성과 탁월한 성품을 지니고 있는데다 두 사람의 감성이나 취향이 닮았기 때문이었다.

모든 가족들에게 더할 수 없이 기쁜 저녁이었다. 제인의 즐겁고 만족스러운 기분은 그녀의 얼굴에 생기가 돌게 했고 그런 탓에 그녀는 어느 때보다 더 아름다워 보였다. 키티는 연신 싱글벙글하면서 자기 차례가 곧 왔으면 좋겠다고 말했다. 베넷 부인은 빙리와 30분 동안 얘기를 나눴지만, 어떤 말로 결혼 승낙을 해도 흡족하지 않은 것 같았다. 저녁 식사에 참석한 빙리의 목소리와 태도에서도 그가 정말 행복해하고 있다는 게 역력하게 드러났다.

베넷 씨는 빙리가 밤에 작별 인사를 할 때까지 그 일에 관해 한마디도 입을 떼지 않았다. 그러나 빙리가 떠나자마자 딸에게로 돌아서서 축하의 인사를 건넸다.

"제인, 축하한다. 넌 정말 행복한 아내가 될 거야."

제인은 아버지에게로 다가가 키스를 하고 웃으며 감사하다고 말했다.

"넌 정말 좋은 아가씨야. 네가 행복하게 되어서 정말

기쁘다. 두 사람은 틀림없이 잘 살 거다. 두 사람의 성품이 다른 게 하나도 없으니 말이다. 둘 다 귀가 얇아서 아무것도 결정되는 게 없을 거고, 너무 마음이 약해서 하인들은 죄다 두 사람을 속여 먹으려 들 테지. 게다가 너무 인심이 후해서 늘 수입을 초과해서 살 거다."

"그렇지 않을 거예요. 전 돈 문제에 있어서 무분별하고 경솔하게 행동하는 건 절대 용납하지 않을 거예요."

"수입을 초과해서 쓸 거라니! 여보, 도대체 무슨 말씀을 하시는 거예요? 그 사람 1년 수입이 4000~5000파운드나 된다는데, 아니 틀림없이 그것보다 더 많을걸요."

베넷 부인은 이렇게 남편을 공격하고 나서 딸에게 말했다.

"제인아, 난 지금 너무 행복하단다! 오늘 밤에는 한잠도 못 잘 것 같아. 이렇게 될 줄 알았어. 내가 분명히 이렇게 될 거라고 늘 말하지 않던? 네 미모가 그 값을 할 줄 알았지. 빙리 씨를 처음 봤을 때가 기억난다. 그 사람이 작년에 처음 하트퍼드셔에 들어왔을 때부터 나는 네 짝이 될 거라고 생각했단다. 지금껏 그렇게 잘생긴 청년은 처음 봤다!"

위컴과 리디아는 그녀의 머릿속에서 완전히 잊혀졌다. 제인은 베넷 부인에게 가장 사랑스러운 딸이 되었다. 그 순간 그녀는 다른 딸은 아무도 신경 쓰지 않았다. 동생들은 언니가 결혼을 하면 자기에게 떨어질 이득을 챙기려고 언니에게 은근히 청탁을 넣었다. 메리는 네더필드의 서재를 사용하게 해 달라고 부탁했고, 키티는 매년 겨울 그곳에서 몇 차례 무도회를 열어 달라고 졸라 댔다.

빙리는 그날 이후 당연히 하루도 거르지 않고 롱본에 드나들었다. 아침 식사 전에 오는 일도 자주 있었고, 속사정을 모르는 이웃이 밉살스럽게도 저녁 식사 초대를 해서 어쩔 수 없이 응해야 하는 경우를 제외하고는 항상 저녁 식사 이후까지 머물렀다.

엘리자베스는 이제 언니와 대화할 시간이 거의 없었다. 빙리가 와 있는 동안에는 제인은 다른 사람에게는 전혀 관심을 쏟지 않았다. 그러나 두 사람이 떨어져 있을 때는 엘리자베스가 두 사람에게 꽤 쓸모 있는 존재였다. 제인이 없을 때면 빙리는 제인에 관한 얘기를 하는 재미로 엘리자베스에게 접근했고, 빙리가 가고 나면 제인은 그에 관한 얘기로 마음을 달래기 위해 엘리자베스에게 다가왔다.

"그분은 정말 나를 행복하게 해 줘. 작년 봄에 내가 런던에 있다는 걸 전혀 몰랐대. 그럴 거라고는 생각지도 못했어."

제인이 어느 날 저녁 말했다.

"나는 그럴 거라고 추측했어. 그런데 그 일에 대해 빙리 씨가 뭐라고 얘기했어?"

"누이동생이 한 일이 틀림없어. 그이의 동생들은 오빠가 나와 사귀는 게 싫었던 게 분명해. 이상한 일도 아니지 뭐. 그이는 여러 가지 면에서 나보다 훨씬 조건이 좋은 여자를 고를 수도 있었을 테니까 말이야. 하지만 오빠가 나와 함께 있으면 행복하다는 걸 알게 되면 나를 받아들이게 될 거야. 우린 좋은 사이가 될 수 있을 거야. 물론 예전처럼 될 수는 없겠지만."

"언니가 한 말 중에서는 제일 야멸찬 말이네! 언니는 어쩜 그렇게 착해 빠졌어? 언니가 다시 빙리 양의 가식적인 행동에 속아 넘어가면 난 진짜로 화낼 거야."

"리지야, 넌 이게 믿어지니? 작년 11월에 런던에 갔을 때 그분은 나를 정말 사랑하고 있었대. 다시 이곳에 오지 않은 건 단지 내가 그분한테 관심이 없다고 생각해서 그런 거였다지 뭐니?"

"그분은 정말 큰 실수를 했던 거야. 하지만 그건 그분이 겸손하다는 증거이기도 하지."

이 말은 자연스럽게 빙리의 성품이 워낙 조심스럽고 신중하고, 자신의 장점을 과소평가한다는 칭찬을 제인의 입에서 끌어냈다.

엘리자베스는 빙리가 두 사람의 결혼에 자기 친구가 개입했었다는 사실을 말하지 않은 걸 알고 마음을 놓았다. 누구보다 관대하고 마음이 여린 제인이지만, 이런 정황을 알게 되면 다아시에 대해 편견을 갖게 될 게 분명했다.

"난 세상에서 가장 운이 좋은 사람이야. 왜 내가 우리 가족 중에서 이렇게 큰 축복을 받은 걸까? 너도 나처럼 행복해지는 걸 볼 수 있으면 얼마나 좋겠니? 너한테도 그런 남자가 나타나면 오죽이나 좋을까."

"언니가 그런 남자를 마흔 명이나 내게 안겨 준다고 해도 난 언니처럼 행복할 수는 없을 거야. 언니처럼 착한 마음씨를 갖지 않는 한 절대 언니처럼 행복할 수 없을 테니까. 아냐, 나도 내 힘으로 내 운명을 개척해야겠어. 누가 알아? 조만간 제2의 콜린스 씨를 만나게 될지."

롱본 가족의 경사는 오랫동안 비밀로 유지될 수 없었다. 베넷 부인은 필립스 부인에게 은밀히 소곤대는 특권을 행사했고, 필립스 부인은 허락도 없이 대담하게 메리턴의 모든 이웃 사람의 귀에 대고 속삭였다.

불과 몇 주 전 리디아가 처음 도피 행각을 벌였을 때만 해도, 박복한 집안으로 사람들의 입방아에 오르내리던 베넷 집안은 순식간에 복이 넝쿨째 굴러 들어온 집이 되었다.

14

빙리가 제인과 약혼하고 일주일쯤 지난 어느 날 아침, 빙리와 집안 여자들이 함께 식당에 앉아 있을 때였다. 갑자기 밖에서 마차 소리가 들려서 창문 쪽을 바라보니 사두마차 한 대가 잔디밭으로 달려오고 있었다. 손님이 오기에는 너무 이른 시각이었고, 마차도 이웃에서는 보지 못하던 것이었다. 마차를 끄는 말은 역마였고, 마차를 모는 하인의 복장도 눈에 익지 않았다. 누군가 멀리서 베넷 씨의 집을 방문하러 온 것이 분명했다. 빙리는 제인에게 불청객에게 붙잡힐 게 아니라 같이 숲속으로 산책을 나가자고 제안했다. 두 사람은 밖으로 나가고, 남은 세 사람은 누가 찾아온 건지 추측하기에 바빴다. 문이 활짝 열리고 방문객이 등장할 때까지 아무도 방문객이 누군지 짐작조차 할 수 없었다. 방문객은 뜻밖에도 캐서린 드 버그 영부인이었다.

그들은 놀랄 마음의 준비는 하고 있었지만, 전혀 예상하지 못했던 손님인지라 놀라지 않을 수 없었다. 베넷 부인과 키티는 그 부인이 누구인지 전혀 모르면서도 엘리자베스보다 더 놀랐다. 캐서린 영부인은 평소보다 더 오만한 태도로 방에 들어서서 엘리자베스의 인사에 머리만 까딱하는 걸로 응답하고는 아무 말도 없이 자리에 앉았다. 소개해 달라는 영부인의 요청이 없었지만 엘리자베스는 어머니에게 영부인을 소개했다. 베넷 부인은 이렇게 귀한 분이 손님으로 오셨다는 게 더없이 자랑스러우면서도 갑작스런 방문에 당황해서 어쩔 줄 몰라 하며 최대한 공손하게 인사했다. 영부인은 잠시 아무 말 없이 앉아 있다가 엘리자베스에게 퉁명스럽게 말했다.

"잘 지냈겠지, 베넷 양. 저 부인이 어머니신가?"

엘리자베스는 그렇다고 대답했다.

"그리고 저 아가씨는 동생이겠지?"

"네, 그렇습니다."

베넷 부인은 캐서린 영부인에게 말을 붙이고 싶어서 얼른 대답했다.

"저 아이는 끝에서 둘째랍니다. 막내딸은 얼마 전에 결혼했습니다. 맏딸은 곧 우리 식구가 될 청년과 정원에서 산책하는 중이죠."

"정원이 아주 작군요."

캐서린 영부인이 잠시 사이를 두었다가 대답했다.

"송구스럽게도 로징스 저택에 비하면 보잘것없죠. 그렇지만 윌리엄 루카스 경 댁 정원보다는 훨씬 넓답니다."

"여름에 저녁 시간을 보내기에는 너무 불편한 거실이로군요. 창문이 서향이니 말이죠."

베넷 부인은 저녁 식사 이후에는 거실에 앉아 있지 않는다고 말하고 이렇게 덧붙였다.

"콜린스 씨 부부가 잘 지내고 있는지 여쭤 봐도 될지 모르겠군요."

"잘 지내고 있어요. 그저께 밤에 봤죠."

엘리자베스는 영부인이 샬럿이 자기한테 보낸 편지 얘기를 꺼낼 거라고 예상했다. 영부인이 이곳을 방문할 이유는 그것밖에 없을 것 같았다. 그러나 편지 얘기는 나오지 않았고 엘리자베스는 당혹스러웠다. 베넷 부인은 간단히 음식을 드실 것을 정중하게 권했지만 영부인은 예의도 없이 단호한 어조로 아무것도 먹지 않겠다고 거절했다. 그리고 일어서서 엘리자베스에게 말했다.

"베넷 양, 잔디밭 저쪽에 아담한 야생 숲이 있는 것 같던데 동행해 준다면 한 바퀴 돌아보고 싶군."

"어서 모시고 가서 다른 산책로도 보여 드려라. 영부인께서 관목 숲을 보시면 좋아하실 게다."

엘리자베스는 어머니가 시키는 대로 자기 방으로 달려가 양산을 가지고 나와 귀빈을 모시기 위해 아래층으로 내려갔다. 영부인은 복도를 지나가면서 식당과 거실로 통하는 문을 열고 잠시 둘러본 다음 꽤 괜찮아 보인다고 말하고는 다시 걸어가기 시작했다.

부인이 타고 온 마차는 문 앞에 있었다. 엘리자베스는 마차 안에 하녀가 타고 있는 걸 보았다. 두 사람은 말없이 조그만 숲과 이어진 자갈길을 걸어갔다. 엘리자베스는 평소보다 더 오만하고 무례한 태도를 보이는 영부인에게 굳이 말을 걸고 싶지 않았다.

'내가 이런 사람을 조카와 닮았다고 생각했다니!'

그녀는 영부인의 얼굴을 보며 생각했다.

숲속으로 들어서자 영부인이 말을 꺼냈다.

"베넷 양, 내가 여기에 온 이유를 잘 알고 있을 테지. 본인의 마음과 양심이 내가 왜 왔는지 말해 줄 테니까."

엘리자베스는 깜짝 놀라서 말했다.

"잘못 알고 계신 것 같군요. 저는 여기서 영부인을 뵙게 된 이유를 전혀 설명할 수가 없습니다."

"베넷 양."

영부인은 화난 음성으로 말했다.

"나를 우롱할 생각은 하지 않는 게 좋을 거야. 아무리 지각없이 행동하기로 작정했다고 해도 나까지 그렇게 대하진 못한다는 걸 알아야지. 내가 진지하고 솔직한 성격이라는 건 사람들이 다 인정하는 사실이고, 나는 이런 순간에도 내 미덕을 버리고 싶지는 않아. 이틀 전에 무척 놀라운 소식을 들었지. 듣기로는 언니가 아주 조건이 좋은 결혼을 하게 되었다더군. 게다가 엘리자베스 베넷 양 본인도 내 조카 다아시와 곧 맺어질 거라는 소문이 내 귀에까지 들려왔어. 헛소문이 분명하고 그 진위를 따지는 것 자체가 내 조카의 명예를 더럽히는 일이긴 하지만, 난 곧장 여기로 와서 내 기분이 어떤지 알려야겠다고 마음먹었어."

"그 소문이 사실이 아니라고 확신하신다면 수고스럽게 이곳까지 오실 필요는 없으셨을 텐데요. 무슨 뜻으로 여기까지 오신 건지요?"

엘리자베스는 놀라움과 모욕감으로 얼굴을 붉히며 말했다.

"그 소문이 거짓이라는 걸 모든 사람들에게 알리기 위해서 이곳에 왔지."

"영부인께서 저와 가족들을 만나기 위해 롱본에 오신 걸로 그 소문을 확인시켜 주신 셈이 됐군요. 만일 그런 소문이 실제로 있다면 말이죠."

엘리자베스가 차갑게 말했다.

"만일이라고! 정말 모른 척 잡아뗄 셈인가? 아가씨가 일부러 소문을 퍼뜨린 게 아니라는 거야? 그런 소문이 온 세상에 퍼졌다는 걸 모른단 말이지."

"전 그런 소문은 한 번도 들은 적이 없습니다."

"그럼 전혀 근거 없는 소문이라고 분명하게 말할 수

있나?"

"저는 영부인처럼 솔직하다고 말씀드리지는 않겠습니다. 제게 어떤 질문도 하실 수 있지만, 대답은 제가 선택해서 할 수 있겠죠."

"도저히 참을 수가 없군. 베넷 양, 난 이건 꼭 알아야겠어. 내 조카가 정말 아가씨에게 청혼을 했나?"

"영부인께서 그건 있을 수 없는 일이라고 말씀하시지 않으셨나요?"

"그렇지, 당연한 일이야. 그 애에게 이성이 있다면 절대 그럴 수는 없는 일이지. 하지만 아가씨가 온갖 수단을 써서 유혹하면 일시적으로 넋이 빠져서 자신과 가족에 대한 의무를 잊어버릴 수도 있어. 아가씨는 그 아이를 꾀어낼 수 있는 여자야."

"만일 제가 그랬다고 하더라도 절대 자백 같은 건 하지 않을 겁니다."

"베넷 양, 내가 누군지 알고 그런 말을 하는 거야? 난 지금껏 그렇게 무례한 말을 들어 본 적이 없어. 나는 그 애한테 가장 가까운 친척이야. 그 애에 관한 모든 일을 자세히 알 권리가 있단 말이지."

"하지만 제 일을 아실 권리는 없으시죠. 더욱이 제게 이렇게 대하신다면 한마디도 들으실 수 없을 겁니다."

"내 말을 똑바로 알아들어. 아가씨가 주제넘게 욕심 내는 이 결혼은 절대 안 되는 일이야. 절대 안 되고말고. 다아시는 내 딸과 약혼했으니까. 이제 더 할 말 있나?"

"한 가지만 말씀드리죠. 다아시 씨가 따님과 약혼했다면 그분이 제게 청혼했을 거라고 생각하실 이유가 없을 것 같은데요."

캐서린 영부인은 잠시 망설이는 표정을 짓더니 이렇게 대답했다.

"두 사람의 약혼은 아주 특별한 경우야. 그 애들이 어렸을 때부터 짝지어 주기로 되어 있었다고. 그건 내 소원이기도 했고 다아시 어머니의 소원이기도 했어. 그 애들이 요람에 있을 때부터 우리는 두 사람을 맺어 주기로 했어. 그런데 두 자매의 소망이 이루어지려는 순간에 갑자기 한 아가씨가 나타나서 방해를 한 거야. 그것도 가문도 지위도 천하기 짝이 없는, 내 조카의 가문과는 어울리지도 않는 아가씨가 말이지. 그 애의 친척들의 소망은 생각지 않나? 내 딸과 암묵적으로 약혼한 건 어쩌고? 인간의 도리나 체면 따위는 다 팽개친 건가? 다아시가 아주 어릴 때부터 사촌 동생과 맺어지기로 되어 있었다는 내 말을 못 알아들은 건 아닐 테지."

"그 얘긴 전에 들었습니다. 하지만 그게 저와 무슨 상관이 있죠? 만일 제가 영부인의 조카분과 결혼하는 데 다른 문제가 없다면, 그분의 어머니와 이모님이 드 버그 양과 결혼하기를 바란다는 이유로 물러서지는 않을 겁니다. 두 분이 결혼을 결정하신 건 두 분의 일이고, 정작 결혼이 성사되는 건 당사자에게 달린 문제죠. 다아시 씨가 명예나 애정 때문에 사촌에게 매여 있는 게 아니라면 다른 선택을 해서는 안 될 이유는 없지 않을까요? 그리고 제가 그분이 선택한 여자라면 저 역시 그분을 받아들이지 않을 이유는 없다고 생각합니다."

"명예로 보나, 예의범절로 보나, 분별력으로 보나, 아니 이해관계를 따져 봐도 그건 절대 안 될 일이야. 암, 안 되고말고. 베넷 양, 이해관계를 따져 봐도 마찬가지야. 아가씨가 끝까지 고집을 부려서 모든 사람들의 뜻을 거스른다면 다아시의 가족이나 친구들에게 절대 인정받지 못한다는 걸 알아야지. 다아시와 관련된 모든 사람에게서 비난과 멸시를 당하게 될 거야. 모두들 아가씨 편이 되는 걸 수치스럽게 생각할 거고, 아가씨 이름조차 입에 올리기 싫어할 거야."

"그렇게 된다면 정말 불행한 일이겠군요. 하지만 다아시 씨의 아내가 된다면 그 지위에 걸맞은 엄청난 행복을 누리게 될 테니 전체적으로 보면 절대 후회할 일은 아닐 것 같네요."

"정말 고집불통이고 제멋대로군. 내가 창피해서 못 견디겠어. 지난봄에 내가 베풀어 준 친절에 대한 감사가 고작 이건가? 내게 진 빚이 없다고 생각해? 여기 좀 앉아 봐, 베넷 양. 내가 여기까지 올 때는 무슨 일이 있어도 내 뜻을 관철시키겠다는 결심을 하고 왔다는 걸 알아야 해. 난 절대로 내 생각을 포기하지 않을 거야. 난 다른 사람의 변덕스러운 기분에 따라 내 생각을 바꿔 본 적이 없어. 실망하는 건 절대 용납할 수 없는 일이야."

"그러시다면 현재로서는 영부인의 입장이 더 곤란해지시겠군요. 제게는 전혀 통하지 않을 테니까요."

"내가 말할 때 끼어들지 마. 조용히 입을 닫고 내 말을 들으라고. 내 딸과 조카는 천생연분이야. 둘 다 외가 쪽으로 귀족의 혈통을 이어받았고, 친가 쪽은 작위는 받지 못했지만 유서 깊은 가문에다 품격 있고 고상한 분들이지. 게다가 양가 모두 재산이 어마어마해. 양쪽 집에서 하나같이 두 사람의 결혼을 원하고 있는데 둘 사이를 갈라놓을 게 뭐가 있겠나? 갑자기 집안도 친척도 재산도 별 볼일 없는 젊은 여자가 건방지게 뛰어들어서 일을 망쳐 놓다니. 정말 참을 수 없는 일이야. 절대 그런 일이 있어서는 안 되지, 안 되고말고. 자신에게 어떤 게 이득이 되는지 안다면 지금까지 자라 온 영역에서 벗어나지 않는 게 좋을 거야."

"영부인의 조카분과 결혼한다고 해서 제 영역을 벗어나는 거라고는 생각하지 않습니다. 그분은 신사이시고, 저 역시 신사분의 딸이니까요. 그런 점에서는 동등하다고 생각합니다."

"그래, 신사분의 딸이라는 건 인정하지. 하지만 자네 어머니는 어떠시지? 삼촌과 이모들은? 내가 그 사람들의 신분을 모른다고 생각하는 건 아니겠지?"

"제 친척이 어떤 일을 하시건, 영부인의 조카분이 괘념치 않으신다면 영부인과 상관없는 일이죠."

"마지막으로 묻겠는데, 그 애와 결혼을 약속했나?"

엘리자베스는 캐서린 영부인의 기분을 맞춰 주고 싶은 마음이 추호도 없었지만, 잠시 망설이다가 마지못해 대답했다.

"약속하지 않았습니다."

이 대답에 캐서린 영부인은 만족하는 것처럼 보였다.

"그럼 앞으로도 절대로 결혼을 약속하지 않겠다고 맹세할 수 있나?"

"그런 약속은 드릴 수 없습니다."

"베넷 양, 정말 놀랍고 충격적이군. 난 아가씨가 꽤 사리 분별이 있는 줄 알았는데. 그렇지만 내가 물러설 거라고 속단해서는 안 돼. 내가 요구하는 확답을 얻을 때까지는 절대 그냥 물러서지 않을 거니까."

"분명히 말씀드리지만, 전 그런 확답을 드릴 수 없습니다. 저는 그런 협박에 겁먹어서 부당한 일에 응하지는 않습니다. 영부인께서는 다아시 씨가 따님과 결혼하기를 바라시지만, 제가 원하시는 확답을 드린다고 해서 두 사람의 결혼 가능성이 커지는 건 아니겠죠. 그분이 제게 마음이 있으시다면, 제가 그분의 청혼을 거절했다고 해서 따님에게 청혼을 할까요? 외람된 말씀이지만 영부인께서 제게 이런 부탁을 하시는 것부터 상식에 어긋난 일이고 더욱이 그런 부탁을 뒷받침할 만한 근거도 전혀 설득력이 없군요. 제가 이런 논리에 넘어갈 거라고 생각하셨다면 저를 대단히 잘못 보신 겁니다. 조카분께서 영부인이 이 문제에 간섭하시는 걸 얼마나 허용하실지 모르겠지만, 제 문제에 관여할 권리는 분명 없으시다는 걸 말씀드리고 싶습니다. 그러니 부디 더 이상 이 문제로 절 괴롭히지 말아 주시기 바랍니다."

"서두를 거 없어. 아직 얘기가 끝난 게 아니야. 내가 지금까지 거론했던 이유에 반대할 만한 이유를 하나 더 덧붙여야 하니까. 아가씨 막내 동생이 수치스럽게도 도피 행각을 벌였다는 거 나도 알고 있어. 전부 다 소상하게 알고 있지. 그 청년이 동생과 결혼한 건 부친과 외삼촌이 빚을 갚아 줘서 된 일이라면서? 그런 여자가 내 조카의 처제가 된다니! 작고한 부친의 집사였던 사람의 아들과 동서지간이 된다는 게 말이나 되는 일이야? 맙소사! 아가씨 머릿속에는 대체 무슨 생각이 들어 있는 거지? 펨벌리 혼령들의 명예를 그런 식으로 더럽힐 셈인가?"

엘리자베스는 너무 화가 나서 말했다.

"이제 더 하실 말씀이 없으실 테죠? 있는 대로 저를 모욕하셨으니 이제 전 집으로 돌아가도 될 것 같군요."

엘리자베스는 이렇게 말하면서 자리에서 일어섰다. 캐서린 영부인도 일어나 돌아섰다. 영부인은 화가 머리 끝까지 난 것 같았다.

"그럼 아가씨는 내 조카의 명예와 체면은 아무래도 좋다는 건가? 아가씨와 결혼하면 모든 사람의 눈앞에서 내 조카의 명예를 더럽히게 될 거라는 생각은 안 하는 거야?"

"캐서린 영부인, 전 더 이상 드릴 말씀이 없습니다. 제 생각을 이미 알고 계시니까요."

"그럼 그 애와 결혼하기로 마음먹었다는 건가?"

"전 그런 말씀은 드리지 않았습니다. 저는 다만 영부인이건 누구건 저와 전혀 관계없는 사람의 생각에 휘둘리지 않고 제 행복을 위한 길을 제 생각에 따라 선택할 겁니다."

"좋아, 내 말을 따르지 않겠다는 거지? 의무와 명예와 감사를 모두 저버리겠다는 거군. 그 애를 친척들 사이에서 망신당하게 하고 세상의 웃음거리로 만들 작정인 게지."

"영부인께서 이 문제에 관해 제게 의무나 명예나 감사를 요구할 권리는 없으십니다. 제가 다아시 씨하고 결혼한다고 해서 그런 중요한 덕목이 깨어진다고 생각하지는 않아요. 가족들이 분개할 거라고 하셨지만 저는 조금도 개의치 않을 겁니다. 세상 사람들도 분별력이 있다면 저를 그렇게 조롱하지는 않을 거라고 생각합니다."

"이제야 시커먼 속셈을 드러내는군. 그게 아가씨의 결정이란 말이지. 이제 내가 어떻게 처신해야 할지 알 것 같군. 베넷 양, 아가씨의 야망이 충족될 거라는 망상은 하지 않는 게 좋을 거야. 난 아가씨를 시험해 보러 온 거야. 난 그래도 아가씨가 이성적인 사람이길 바랐는데. 어쨌든 맹세코 난 내 뜻을 끝까지 관철할 테니 그리 알아."

캐서린 영부인은 마차가 문 앞에 도착할 때까지 이런 식으로 계속 말을 이었다. 그리고 마차 앞에서 황급히 뒤를 돌아보며 마지막으로 덧붙였다.

"베넷 양, 작별 인사는 하지 않겠어. 어머니에게도 인사는 생략하는 게 좋겠어. 그런 대접을 받을 자격이 없는 사람들이니까. 난 지금 너무 불쾌해."

엘리자베스는 아무 대꾸도 하지 않았다. 영부인에게 집으로 들어가자는 권유도 하지 않고 혼자 조용히 집으로 들어갔다. 계단을 올라갈 때 마차가 떠나는 소리가 들렸다. 어머니는 옷 방 문 앞에서 초조한 표정으로 엘리자베스를 맞이하며 캐서린 영부인이 왜 집에 들어와서 쉬었다 가지 않았느냐고 다그쳤다.

"그냥 들어오시지 않겠다고 했어요."

"정말 잘생긴 분이더구나. 여기 들러 주신 것만 봐도 얼마나 예의가 바른 분이시니. 단지 콜린스 내외가 잘 살고 있다는 소식을 전해 주려고 들르신 거 아니냐? 메리턴을 지나는 길에 널 찾아보는 게 좋겠다고 생각하신 게지. 너한테 특별히 할 얘기가 있으셨던 건 아니냐?"

엘리자베스는 거짓말을 할 수밖에 없었다. 영부인과 나눈 대화를 발설하는 건 불가능한 일이었다.

## 15

엘리자베스는 예기치 않게 캐서린 영부인이 찾아오고 난 후 혼란스러운 마음을 쉽사리 가라앉힐 수가 없었다. 그녀는 몇 시간 동안 줄곧 그 일 이외에는 아무것도 생각할 수 없었다. 캐서린 영부인은 엘리자베스와 다아시가 만일 약혼했다면 그 약혼을 파기할 목적으로 로징스에서 이곳까지 오는 수고를 마다하지 않았던 것 같았다. 그녀로서는 당연히 그럴 만한 일이었다.

그러나 그들이 약혼할 거라는 소문의 근원지가 어디인지 전혀 짐작이 가지 않았다. 한 쌍의 결혼식을 앞에 두고 또 다른 한 쌍의 결혼식을 기대하는 사람들의 관심이 빙리의 친구인 다아시와 제인의 동생인 자신에게

쏠렸을지도 모른다는 생각이 들었다. 그녀 역시 언니가 결혼하면 예전보다 다아시를 더 자주 만나게 될 거라고 생각했다. 그래서 루카스 로지의 이웃들도 (그들이 콜린스 내외와 주고받은 편지에 의해서 이 소문이 캐서린 영부인의 귀에 들어가게 된 거라고 그녀는 짐작했다.) 두 사람의 결혼이 임박했다는 성급한 추측을 한 것일 수도 있었다. 이것은 그녀 자신도 언젠가 이루어질 수도 있는 일이라고 생각했던 것이다.

그러나 캐서린 영부인이 했던 말들을 곱씹어 볼수록, 엘리자베스는 그녀가 끈질기게 개입함으로써 오히려 좋지 않은 결과가 나타날 수도 있다는 불안감을 느끼지 않을 수 없었다. 영부인이 반드시 두 사람의 결혼을 막겠다고 단호하게 말했던 걸 생각하면 조카에게도 결혼을 반대한다는 말을 할 것이 분명했다. 영부인이 자신과 관련된 좋지 않은 일들을 다아시에게 나열한다면 과연 그가 어떻게 받아들일지 알 수 없는 일이었다. 다아시가 자기 이모에게 얼마나 애정이 있는지, 이모의 판단을 얼마나 신뢰하는지 정확히 알 수는 없었다. 하지만 당연히 자신의 생각보다는 영부인의 식견을 더 중요하게 받아들일 것 같았다.

영부인은 자신에 비해 집안이 너무 처지는 여자와 결혼했을 때 생길 수 있는 불행한 결과를 일일이 늘어놓으면서 조카의 약한 구석을 자극할 게 분명했다. 품격을 중요시하는 그의 성품을 생각하면, 자기에게는 우스꽝스럽고 설득력 없는 영부인의 논리가 그에게는 타당하고 합리적인 말로 들릴 수도 있을 것 같았다. 다아시가 앞으로 어떻게 해야 할지 망설이고 있다면, 가장 가까운 친척의 조언과 권유가 모든 의혹에 마침표를 찍게 할 수도 있는 일이었다. 그는 가문을 불명예스럽게 만들지 않아야 한다고 결심할지도 몰랐다. 그렇게 되면 다아시는 다시는 그녀에게 돌아오지 않을 것이다. 영부인은 런던을 지나가는 길에 그를 만날 것이고 그러면 네더필드로 다시 온다던 빙리 씨와의 약속은 무산되고 말 것이다.

'며칠 내로 친구와의 약속을 지키지 못하게 되었다는 핑계를 댄다면 일이 어떻게 됐는지 알 수 있을 거야. 그땐 그분의 애정이 변하지 않을 거라는 기대와 소망 같은 건 깨끗이 버려야 해. 그이가 나의 관심과 사랑을 얻을 수 있는 순간에 내가 아까운 여자였다고 아쉬워하는 정도로 포기하고 만다면, 나 역시 그분에 대한 미련을 버려야겠지.'

가족들은 찾아온 사람이 누구였는지 알고 나자 매우 놀라워했다. 그러나 다행스럽게도 그들은 베넷 부인의 호기심을 충족시키는 것과 똑같은 상상을 하는 걸로 만족했다. 덕분에 엘리자베스는 가족들의 성가신 질문을 피할 수 있었다.

이튿날 아침, 아래층으로 내려가던 엘리자베스는 손에 편지 한 통을 들고 서재에서 나오는 아버지와 맞닥뜨렸다.

"리지야, 널 찾으러 가던 참이다. 내 방으로 좀 들어오렴."

엘리자베스는 아버지를 따라 서재로 들어갔다. 그녀는 아버지가 손에 들고 있는 편지가 어떤 식으로든 아버지가 하려는 말씀과 관련이 있을 거라고 생각했다. 문득 그 편지가 캐서린 영부인에게서 온 건지도 모른다는 생각이 들었다. 아버지에게 장황한 설명을 늘어놓아야 한다는 생각을 하자 곤혹스럽고 피곤해졌다.

엘리자베스는 아버지를 따라 벽난로 옆에 앉았다.

"오늘 아침에 한 통의 편지를 받았다. 편지를 읽고 나서 얼마나 놀랐는지 모른다. 주로 너와 관련된 일이니 너도 편지의 내용을 알아야겠지. 내게 결혼을 코앞에 두고 있는 딸이 둘이나 된다는 걸 미처 몰랐구나. 축하한다. 내 딸이 아주 굉장한 남자를 얻었구나."

엘리자베스는 그 편지가 다아시의 이모가 아니라 다아시 본인에게서 온 거라고 생각하고 볼이 빨갛게 물들었다. 다아시가 아버지에게 편지를 보낸 걸 기뻐해야 할지, 아니면 자신에게 편지를 보내지 않은 걸 화내야 할지 갈피를 잡을 수가 없었다. 베넷 씨는 계속 말을 이었다.

"이미 알고 있었다는 표정이로구나. 젊은 여자들은 이런 문제에는 대단한 통찰력이 있는 법이지. 하지만 네가 아무리 총명하다고 해도, 너를 흠모하는 사람의 이름은 맞추지 못할 게다. 이 편지는 콜린스 씨에게서 온 거란다."

"콜린스 씨요? 그 사람이 무슨 얘기를 했죠?"

"할 말이야 당연히 많지. 우리 큰딸의 결혼식이 다가

오는 걸 축하하는 말부터 시작해서, 수다스러운 루카스 사람들에게서 들은 모양이더라. 그 일에 대해서 뭐라고 썼는지 읽어 주마. 안 그러면 네가 궁금해서 못 견딜 테니. 너와 관련된 구절을 읽어 주지."

이번 경사를 제 처와 더불어 진심으로 축하드리며, 다른 일에 관하여 간단히 말씀드리고자 합니다. 이 얘기도 같은 분에게서 들은 것입니다. 다름 아니라 따님 엘리자베스 양이 언니의 뒤를 이어 머지않아 베넷이라는 성을 양도하실 것으로 보입니다. 그리고 엘리자베스 양이 선택한 반려자는 이 나라에서 가장 저명한 명사 중 한 분으로 존경받아 마땅한 분입니다.

"넌 이 사람이 누구를 말하는 건지 짐작할 수 있겠지?"

이 젊은 신사분은 모든 사람이 부러워하는 엄청난 재산과 명문 가문과 광범위한 성직 승계권을 소유하는 축복을 받으신 분입니다. 그러나 이분이 이렇게 좋은 조건을 갖추셨다고 해도, 이분의 청혼을 서둘러 받아들이셨을 경우 발생할지 모를 위험에 대해 제 사촌 엘리자베스와 아저씨께 경고드려 마땅하다고 생각합니다. 물론 아저씨께서는 당장 이 청혼을 받아들이고 싶으시겠죠.

"이 신사분이 누군지 알겠니, 리지야? 이제 곧 누군지 얘기가 나올 거야."

제가 이렇게 주의를 드리게 된 동기는 다음과 같습니다. 그 신사분의 이모님이신 캐서린 드 버그 영부인께서 이 혼사를 탐탁지 않게 생각하신다고 믿을 만한 이유가 있습니다.

"바로 다아시 씨야! 리지야, 깜짝 놀랐지? 콜린스 씨나 루카스 댁이 우리가 아는 사람들 중에 어떤 사람을 가리키는 거겠니? 그 이름을 누구에게 물어보더라도 하나같이 거짓말이라고 주장할 것 같은 그런 사람이지 않니? 다아시 씨라니. 여자를 보기만 하면 어떻게든 결점을 잡아내지 못해 안달인 데다 더욱이 너에게는 눈길 한번 준 적 없는 사람 아니냐? 정말 감탄할 만한 일 아니냐?"

엘리자베스는 아버지의 농담을 받아 주고 싶었지만 억지로 쓴웃음을 지을 수밖에 없었다. 아버지의 재치가 지금처럼 불쾌하게 느껴진 적은 없었던 것 같았다.

"재미있지 않니?"

"재미있어요. 계속 읽어 보세요."


어젯밤 영부인께 이 결혼의 가능성에 대해 말씀드렸을 때 그분은 평소와 다름없이 친절하신 태도로 이 일에 관한 당신의 견해를 피력하셨습니다. 영부인께서는 엘리자베스 양 집안의 몇 가지 결함을 이유로 이 불명예스러운 결혼을 결코 승낙할 수 없음을 명백히 하셨습니다. 저는 이 사실을 최대한 신속하게 제 사촌에게 알려서, 본인과 고결하신 숭배자께서 자신들이 하고 있는 행동의 부적절함을 깨닫고 정당한 승인을 받지 못한 결혼을 서두르지 않도록 하는 것이 제 의무라고 생각했습니다.

"콜린스 씨는 이런 말까지 덧붙였구나."

제 사촌 리디아의 애석한 일이 무난히 해결된 것을 진심으로 기뻐하는 바입니다. 다만 두 사람이 결혼 전에 동거했다는 사실이 너무 멀리까지 퍼질까 봐 걱정될 뿐입니다. 그러나 저는 제 지위에 따른 의무를 등한시할 수 없는 탓에 두 사람이 결혼한 즉시 집안에 받아들이셨다는 말을 듣고 놀라움을 금할 수 없었다는 것을 말씀드리지 않을 수 없습니다. 그 것은 악을 권장하는 행동이고 제가 롱본의 교구 목 사였다면 강력히 반대했을 만한 일입니다. 기독교 인으로서 그들을 용서하는 게 마땅한 일이지만, 그 들을 눈앞에 들인다거나 그들의 이름이 들리게 해 서는 안 된다는 것이 제 생각입니다.

"이 사람이 생각하는 기독교적인 용서란 이런 건가 보다. 나머지 내용은 샬럿이 지금 임신 중이어서 자기 가 곧 아버지가 될 거라는 얘기뿐이다. 그런데 리지야, 넌 별로 흥미 없다는 표정이로구나. 새침 떨면서 거짓

소문을 듣고서 기분 나쁜 척하려는 건 아니지? 이웃 사람들에게 우리가 놀림감이 되어 주고 다음엔 우리가 그 사람들을 비웃어 주면 되는 거 아니냐? 그런 일도 없으면 무슨 재미로 살겠니?"

"저도 무척 흥미로워요. 하지만 정말 이상한 일이 네요."

"그래, 그래서 재미있다는 거야. 그 사람들이 다른 남자를 점찍었다면 별일 아니라고 생각할 수도 있었을 거야. 그런데 그 사람은 너를 소 닭 보듯 하는 데다 너 역시 그 사람을 벌레 취급하는데 그런 얘기가 돌고 있으니 얼마나 재미있고 기가 막힌 일이냐? 내가 편지 쓰는 걸 싫어하긴 한다만 콜린스 씨하고 서신 교환하는 일은 포기하지 않을 작정이다. 그 사람 편지를 읽으면 위컴보다 더 좋아하지 않을 수가 없거든. 내 사위의 뻔뻔함과 위선을 높이 평가하지 않을 수 없는 것처럼 말이다. 그런데 리지야, 캐서린 영부인이 이 소문에 대해서 뭐라고 하시던? 결혼을 승낙하지 않는다는 말을 하려고 우리 집에 들른 게냐?"

이 물음에 엘리자베스는 웃음으로만 대답했다. 베넷

씨가 전혀 두 사람의 관계를 의심하지 않고 있어서 다시 한 번 물었을 때에도 그녀는 당황하지 않았다. 엘리자베스는 자신의 감정을 드러내지 않으려고 무진 애를 써야 했다. 울고 싶었지만 웃을 수밖에 없는 상황이었다. 그녀의 아버지는 다아시가 자신에게 무관심하다고 말함으로써 그녀에게 가장 잔인한 방법으로 고통을 준 셈이었다. 그녀는 아버지가 그렇게 통찰력이 없다는 사실이 놀라웠고, 한편으로는 아버지가 보는 눈이 없는 게 아니라 자기가 지나친 상상을 하고 있는 건지도 모른다고 생각했다.

16

엘리자베스가 예상했던 것처럼 빙리는 다아시에게서 롱본에 올 수 없다는 사과의 편지를 받는 대신, 캐서린 영부인이 다녀간 지 얼마 지나지 않아서 다아시를 동반하고 롱본으로 돌아왔다. 신사들은 일찌감치 도착했다. 베넷 부인이 그의 이모를 만나 뵈었다는 말을 꺼내기도 전에 빙리는 제인과 단둘이 있고 싶어서 산책을 나가자고 제안했다. 엘리자베스는 어머니가 다아시의 이모 얘기를 꺼낼까 봐 가슴이 조마조마하던 참이었다. 베넷 부인은 산책하는 걸 즐기지 않았고, 메리는 시간을 낭비하고 싶어 하지 않아서 나머지 다섯 사람만 함께 산책에 나섰다. 빙리와 제인은 곧 다른 사람들보다

뒤처져서 엘리자베스와 키티, 다아시 이렇게 세 사람이 나란히 걷게 되었다. 세 사람은 모두 거의 말이 없었다. 키티는 다아시가 어려워서 말을 꺼내지 못했고, 엘리자베스는 마음속으로 중대한 결심을 하고 있었고, 다아시 역시 그런 듯했다.

키티가 마리아를 만나고 싶다고 해서 그들은 루카스 댁 쪽으로 걸어갔다. 엘리자베스는 세 사람이 같이 루카스 댁에 갈 필요는 없다고 생각해서, 키티가 집 안으로 들어가자 용기를 내서 다아시와 단둘이 걷기로 했다. 그녀는 결심을 실행에 옮길 때가 왔다고 생각하고, 용기를 낸 김에 망설이지 않고 말을 꺼냈다.

"다아시 씨, 저는 무척 이기적인 사람입니다. 저의 괴로운 심정을 달래기 위해 다아시 씨의 감정에 얼마든지 상처를 입힐 수도 있으니까요. 제 가엾은 동생에게 베풀어 주신 더할 나위 없는 친절에 감사드리지 않을 수 없네요. 그 사실을 알고 나서 얼마나 고맙게 생각하는지 제 마음을 전하고 싶었답니다. 다른 가족들도 아셨다면 저의 감사하는 마음만 표현하지는 않았겠죠."

"죄송합니다. 정말 죄송합니다."

다아시는 놀라고 당황한 어조로 대답했다.

"잘못 오해하면 불쾌하게 여기실 수도 있는 일을 아시게 되었다니 유감이로군요. 가디너 부인이 그렇게 믿을 수 없는 분이라고는 생각하지 않았습니다."

"제 외숙모를 탓하실 필요는 없어요. 리디아가 경솔하게 다아시 씨가 이 문제에 나서 주셨다는 사실을 제게 말했으니까요. 그리고 제가 자세한 상황을 알 때까지 기다리지 못했던 점도 있어요. 저희 가족을 대신해서 거듭 감사의 말씀을 드립니다. 두 사람을 찾기 위해 수고를 마다하지 않으셨고, 모욕적인 일들도 모두 참아내셨잖아요. 정말 관대하시고 동정심도 많으세요."

"제게 고맙다는 인사를 하시려거든 엘리자베스 양 혼자서만 하십시오. 제가 그 일에 나서게 된 여러 가지 동기 중에 엘리자베스 양을 행복하게 해 드리고 싶은 마음이 있었다는 걸 부인하지는 않겠습니다. 하지만 엘리자베스 양의 가족들은 제게 빚진 게 없습니다. 그분들을 무척 존경하기는 하지만, 제가 생각한 사람은 오직 엘리자베스 양 한 사람뿐이었으니까요."

엘리자베스는 너무 당황해서 아무 말도 할 수가 없었

다. 잠시 사이를 두었다가 다아시가 다시 말을 이었다.

"당신은 관대한 분이니 제 얘기를 하찮게 여기지는 않으실 거라고 생각합니다. 만일 당신의 감정이 지난 4월과 전혀 달라진 게 없다면 그렇다고 말씀해 주십시오. 저의 애정과 소망은 변한 게 없지만, 당신의 말 한마디로 저는 영원히 당신을 단념할 것입니다."

엘리자베스는 다아시가 평소와는 달리 어색해하고 긴장하는 것처럼 보여서 말문을 열지 않을 수 없었다. 그녀는 그가 말한 4월 이후로 자신의 감정이 근본적인 변화를 겪어서 지금은 그의 애정을 고맙고 기쁘게 받아들일 수 있게 되었다고 말했다. 유창한 말솜씨는 아니었지만 다아시는 충분히 엘리자베스의 뜻을 이해할 수 있었다. 그녀의 대답을 듣고 다아시는 이전에는 한 번도 경험하지 못했던 행복한 기분을 느꼈다. 그래서 격정적인 사랑에 빠진 남자만이 할 수 있는 열정적이면서도 섬세한 표현으로 자신의 마음을 털어놓았다. 엘리자베스가 그의 눈을 쳐다볼 수 있었다면, 마음에서 우러나오는 기쁨이 번진 그의 표정이 얼마나 그를 매력적으로 보이게 하는지 알 수 있었을 것이다.

엘리자베스는 그의 얼굴을 볼 수는 없었지만 그의 목소리는 들을 수 있었다. 그는 그녀가 자신에게 얼마나 소중한 사람인가를 증명했고, 그러한 고백은 그의 사랑을 더욱더 소중한 것으로 느끼게 해 주었다.

두 사람은 어느 방향으로 가고 있는지도 의식하지 못한 채 무작정 걸었다. 생각하고 느끼고 말할 것 들이 너무 많아서 다른 것에는 주의를 돌릴 여유가 없었다. 엘리자베스는 두 사람이 지금처럼 서로를 이해할 수 있게 된 것이 그의 이모 덕분이라고 생각했다. 캐서린 영부인은 런던을 지나가는 길에 다아시를 찾아가서 롱본에 갔던 일과, 그 방문의 목적과 엘리자베스와 나누었던 대화 내용을 그에게 모두 얘기했다. 영부인은 엘리자베스가 했던 말 중에서 그녀의 고집스럽고 오만한 성격을 드러내는 표현만 골라 조카에게 상세하게 전해 주었다. 영부인의 속셈은 엘리자베스에게서 받아 내지 못한 약속을 조카에게서 받아 내려는 것이었지만, 불행하게도 그녀의 계획은 그녀가 기대했던 것과는 정반대의 결과를 가져왔다.

"이모님의 말씀을 듣고 그 이전에는 전혀 가망이 없

다고 생각하고 포기했던 희망을 다시 품게 되었습니다. 엘리자베스 양의 성품을 너무 잘 알기에, 저를 거절하실 생각이 확고부동했다면, 분명 캐서린 영부인에게 솔직하게 그런 심정을 털어놓았을 거라고 생각했습니다."

엘리자베스는 얼굴이 붉어진 채 웃으며 대답했다.

"제가 그럴 수 있을 만큼 솔직한 사람이라는 걸 알고 계셨군요. 다시 씨 앞에서 그렇게 모욕적인 말을 쏟아 부었는데, 친척분 앞이라고 거리낄 게 뭐가 있겠어요?"

"저에 대해서 하신 말씀은 모두 제가 당연히 들어야 할 얘기였습니다. 저에 대한 비난이 그릇된 근거와 오해에서 비롯된 것이기는 하지만, 그 당시 당신에게 보인 저의 태도는 혹독한 비난을 받아 마땅한 것이었습니다. 절대 용서받을 수 없는 행동이었죠. 지금 생각해도 저 자신이 혐오스러워질 정도입니다."

"그날 밤 있었던 일에 대해서 누구의 잘못이 더 컸는지는 따지지 않았으면 해요. 엄격히 따져 보면 두 사람모두 비난을 피할 수 없을 거예요. 하지만 그때 이후로 우리 두 사람 다 서로에게 더 예의를 갖추게 되었던 건 사실이잖아요."

"전 그렇게 쉽게 자신을 용서할 수가 없습니다. 그날 저녁 내내 제가 했던 말과 행동을 돌이켜 보면서 지금까지 말할 수 없이 마음이 괴로웠습니다. 당신이 제게 하셨던 비난의 말들은 하나도 틀린 게 없었습니다. 저는 앞으로도 절대 잊지 못할 겁니다. '당신이 좀 더 신사다운 태도로 행동했더라면'이라고 하신 말씀 말입니다. 그 말이 저를 얼마나 괴롭혔는지 모르실 겁니다. 아니 상상도 하기 힘들 겁니다. 솔직히 말씀드리면 그 말씀이 옳다는 걸 인정할 만큼 제정신을 차린 건 한참 시간이 지난 후였죠."

"제 말이 그렇게 큰 충격을 드렸을 거라고는 꿈에도 생각하지 못했어요. 제 말을 심각하게 받아들이실 줄 몰랐어요."

"그러셨을 겁니다. 당신은 제가 정상적인 감정이 부족한 남자라고 생각하셨죠. 분명 그렇게 생각했을 겁니다. 제가 어떤 방법으로 청혼을 하더라도 절대로 당신의 마음을 움직일 수 없을 거라고 말씀하시던 당신의 표정을 저는 결코 잊지 못할 겁니다."

"그때 제가 했던 말들을 다시 들춰내지 말아 주세요.

다시 기억해 봐야 아무 도움도 안 될 텐데요. 전 오래전부터 그런 말을 했던 자신을 진심으로 부끄럽게 생각했어요."

다아시는 자기가 보낸 편지 얘기를 꺼냈다.

"그 편지 때문에 저에 대한 생각이 달라지신 건가요? 편지 내용이 믿어지시던가요?"

엘리자베스는 그의 편지가 자신의 생각에 큰 영향을 주었으며, 이전에 그에 대해 가졌던 편견을 없애 주었다고 말했다.

"제 편지가 당신의 마음을 고통스럽게 할 거라는 건 알았지만 저로서는 그럴 수밖에 없었습니다. 제 편지를 없애 버리셨길 바랍니다. 그중에서도 특히 첫 구절은 당신이 다시 읽을까 봐 두렵군요. 당신에게 증오심을 불러일으켰을 만한 표현들이 지금도 생생하게 기억납니다."

"저의 애정이 지속되게 하기 위해 그럴 필요가 있다고 생각하신다면 태워 버려야겠죠. 제 생각이 변할 수도 있다고 생각하실 만한 이유가 충분하지만, 편지에 쓰신 것처럼 제 마음이 그렇게 쉽게 바뀌지는 않을 거예요."

"그 편지를 쓸 때는 제가 매우 침착하고 냉정한 상태라고 생각했지만, 나중에는 몹시 침통한 기분으로 썼다는 걸 알게 되었죠."

"시작할 때는 그런 기분이셨겠죠. 하지만 끝에 가서는 그렇지 않더군요. 마지막 인사말에는 애정이 가득 담겨 있었어요. 이제 편지 얘기는 그만두죠. 편지를 썼던 사람이나 받았던 사람이나 지금은 전혀 감정이 달라졌으니까요. 편지와 연관된 유쾌하지 않은 일들은 잊어버리는 게 좋겠어요. 제 인생철학 중에 이런 게 있어요. 기쁨을 주는 기억만 추억하라."

"그런 철학이라면 신뢰할 수 없을 것 같습니다. 당신이 과거를 기억하면서 느끼는 만족감은 철학에서 비롯된 게 아니라 비난받을 만한 일이 전혀 없기 때문에 가능한 것입니다. 철학보다는 그런 순수함이 훨씬 귀중한 것이죠. 그렇지만 저는 그렇지 못합니다. 과거를 돌아볼 때마다 쫓아 버릴 수도 없고, 쫓아 버려서도 안 될 고통스러운 기억들이 저를 공격합니다. 저는 평생 이론적으로는 그렇지 않았지만 실제적으로는 이기적인 사람이었습니다. 저는 올바른 원칙들을 배웠지만 그 원칙들을 실행할 때 오만하고 자만했습니다. 불행하게도 저는 외아들이었습니다. 동생이 태어나기 전까지 꽤 오랫동안 하나뿐인 자식이었죠. 제 부모님들은 좋은 분들이셨지만. 제 부친께서는 특히 너그럽고 따뜻한 분이셨죠. 그분들은 저를 응석받이로 키우셔서 저의 이기적이고 오만한 행동을 나무라시기는커녕 오히려 부추기고 가르치신 셈입니다. 저는 우리 집안 사람들 이외에는 누구에게도 관심이 없었고, 나머지는 모두 미천한 사람들로 여겼습니다. 제 자신에 비추어 그 사람들의 생각과 가치가 형편없다고 생각했죠. 저는 여덟 살 때부터 스물두 살이 된 지금까지 늘 그랬어요. 지금도 사랑스러운 엘리자베스 양이 아닌 다른 사람들에게는 여전히 그럴지도 모릅니다. 제가 당신에게 얼마나 큰 빚을 졌는지 모릅니다. 당신이야말로 제게 훌륭한 가르침을 주신 분입니다. 처음에는 받아들이기 힘들었지만 제겐 너무도 유익한 가르침이었습니다. 당신 때문에 저는 겸손함을 배울 수 있었죠. 저는 처음 당신에게 청혼했을 때 승낙받을 것을 조금도 의심하지 않았습니다. 사랑받을 만한 자격이 있는 여자를 기쁘게 해 줄 모든 자격을 갖추고 있다는 제 자만심이 얼마나 한심한 것이었는지 당신이 깨닫게 해 주셨죠."

"그때 제가 청혼을 받아들일 거라고 생각하셨나요?"

"물론 그렇게 생각했습니다. 제 허영심이 어이없다고 생각하시겠죠. 저는 당신이 제 청혼을 바라고 기다리고 있다고 믿었습니다."

"저의 태도에도 분명 잘못된 점이 있었을 거예요. 하지만 의도적으로 당신을 기만하려던 것은 아니었어요. 제 마음이 움직이는 대로 따르다 보면 그릇된 행동을 하는 경우도 종종 있어요. 그날 저녁 이후로 저를 증오하셨겠죠?"

"증오하다니요! 물론 처음에는 화가 났죠. 하지만 저의 분노는 곧 올바른 방향을 찾아가더군요."

"펨벌리에서 만났을 때 저를 어떻게 생각하셨을지 생각하면 지금도 가슴이 떨려요. 제가 그곳에 간 걸 속으로 무척 욕하셨을 거예요."

"절대로 그렇지 않았습니다. 단지 놀랐을 뿐이죠."

"놀라셨다고 해도 그런 곳에서 다아시 씨를 만나게

된 저만큼 놀라지는 않으셨을걸요. 저도 양심이라는 게 있는데 그렇게 특별한 대접을 받을 자격이 있다고 생각하지는 못했죠. 솔직히 제 분수에 넘치는 그런 환대는 기대하지도 못했어요."

"그때 저는 최대한 예의를 지켜서 제가 과거의 일 때문에 누구를 원망하는 옹졸한 사람이 아니라는 걸 보여 드리고 싶었습니다. 제가 당신의 비난을 주의 깊게 받아들였다는 걸 보여 드려서 당신의 용서를 얻고 저에 대한 나쁜 감정을 덜어 내고 싶은 생각도 있었죠. 언제부터 다른 감정이 생겼는지는 잘 모르겠지만, 아마도 당신을 만난 지 30분 정도 지났을 때였던 것 같습니다."

그는 조지애나가 엘리자베스를 알게 된 걸 무척 기뻐했으며, 갑자기 두 사람의 만남이 중단된 걸 못내 섭섭해했다고 말했다. 이 이야기는 자연스럽게 두 사람이 만날 수 없게 된 이유로 이어졌다. 엘리자베스는 다아시가 여관을 떠나기 전에 리디아를 찾기 위해 더비셔에서부터 자기를 따라오기로 결심했다는 걸 알게 되었다. 그리고 그가 진지하고 신중한 태도를 보인 것은 리디아를 찾기 위해 고심하고 있었기 때문이라는 것도 알았다.

그녀는 다시 한 번 고마움을 표했다. 그러나 그 일을 더 이상 거론하는 것은 두 사람 모두에게 너무 고통스러운 일이었다. 꽤 먼 거리를 천천히 발맞추어 걸으면서 두 사람은 서로에게 열중한 나머지 시계를 보고 나서야 집에 돌아갈 시간이 되었다는 걸 알았다.

"빙리 씨와 제인은 어떻게 되었을까."

두 사람이 처음 대화를 나누게 된 화두가 이것이었다. 다아시는 두 사람의 약혼을 기뻐했다. 빙리가 누구보다 먼저 그에게 약혼 소식을 알려 주었던 것이다.

"놀라셨는지 물어보지 않을 수 없네요."

"전혀 놀라지 않았습니다. 제가 이곳을 떠날 때 곧 그렇게 될 거라고 생각했죠."

"그러니까 허락을 하셨다는 거네요. 저도 그렇게 짐작하고는 있었지만."

허락이라는 말에 그가 아니라며 큰 소리로 부인했지만 엘리자베스는 그것이 사실이었다는 걸 알았다.

"런던으로 떠나기 전날 밤 오래전부터 마음속으로 벼르던 얘기를 빙리에게 털어놓았습니다. 그동안 있었던 일들을 모두 말해 주었죠. 제가 어리석고 주제넘게도 그 친구의 일에 개입했던 정황을 자세히 얘기했습니다. 그 친구는 몹시 놀라더군요. 그럴 거라고는 꿈에도 생각지 못했다고 말했죠. 제인 양이 그 친구에게 무관심하다는 제 판단이 착오였다는 말도 했습니다. 제인 양에 대한 그 친구의 애정이 식지 않았다는 걸 금방 느낄 수 있었기 때문에 저도 두 사람이 행복할 거라는 확신을 갖게 된 겁니다."

엘리자베스는 다아시가 자기 친구를 마음대로 움직일 수 있다는 사실에 저절로 웃음이 나왔다.

"제 언니가 빙리 씨를 사랑한다고 하신 건 본인의 관찰에서 나온 얘기인가요, 아니면 지난봄에 제게서 들은 얘기 때문인가요?"

"제 눈으로 확인한 겁니다. 근래에 제인 양이 두 번 이곳을 방문하시는 동안 유심히 살펴보았죠. 그때 언니께서 빙리를 사랑하고 있다는 걸 확신할 수 있었습니다."

"그러니까 다아시 씨의 확신이 빙리 씨까지 확신하게 만든 거네요?"

"그렇습니다. 빙리는 정말 소박하고 겸손한 친구입니다. 너무 조심스러운 성격이라 어려운 문제에 부딪히면 자신의 판단을 믿지 못하는 면이 있긴 합니다. 제 판단을 신뢰해서 어려운 일이 있으면 제 충고를 듣곤 하죠. 그 친구에게 고백해야 할 일이 있었습니다. 그 친구는 당연히 제게 화를 내더군요. 언니께서 작년 겨울 석 달 동안 런던에 계셨을 때, 저는 그런 사실을 알면서도 의도적으로 그 친구에게 숨겼습니다. 그 친구는 몹시 화를 냈지만 언니분의 감정을 확인하고 나자 화가 풀어지더군요. 지금은 저를 진심으로 용서했습니다."

엘리자베스는 친구의 말을 그렇게 잘 따르는 빙리 씨야말로 유쾌하고 훌륭한 분이라고 말하고 싶었지만, 다아시가 자신의 농담을 자연스럽게 받아넘기는 건 아직 시기상조라는 생각이 들어서 말을 아꼈다. 다아시는 빙리가 자기만큼 행복하지는 않겠지만, 틀림없이 행복할 거라고 즐거운 기대를 하면서 집에 도착할 때까지 이야기를 중단하지 않았다. 현관에 들어서고 나서야 두 사람은 헤어졌다.

## 17

"리지야, 대체 어디 갔다 온 거니?"

엘리자베스가 방에 들어서자마자 제인이 물었고, 식사 테이블에 앉자 가족들이 모두 같은 질문을 했다. 엘리자베스는 둘이 걷다 보니 여기저기 걷게 됐다고 대답했다. 대답할 때 그녀는 자기도 모르게 얼굴이 붉어졌다. 그러나 두 사람을 수상쩍게 여기는 사람은 아무도 없었다.

그날 저녁은 특별한 일 없이 조용하게 지나갔다. 이미 연인으로 인정을 받은 두 사람은 웃고 떠들었지만, 아직 인정받지 못한 연인은 침묵을 지키고 있었다. 다아시는 원래 행복한 감정을 요란하게 드러내는 성격이 아니었고, 엘리자베스는 들뜨고 혼란스러운 상태여서 아직 자기가 행복하다는 걸 가슴으로 느끼기보다는 머리로 인식하고 있었다. 그녀는 당혹감을 느끼면서도 자기 앞에 놓인 또 다른 장애물을 걱정하고 있었다. 다아시와 자신의 일을 가족들이 알게 되었을 때 그들이 어떻게 반응할지 짐작할 수 있는 일이었다. 제인을 제외하고는 다른 모든 가족들이 다아시를 싫어한다는 걸 알고 있었고, 그런 반감이 다아시의 재산과 지위로도 상쇄될 수 없을 거라는 두려움이 앞섰다.

밤이 되자 엘리자베스는 속마음을 제인에게 털어놓았다. 남의 말을 의심하는 건 베넷 양의 성품에 어울리지 않는 일이었지만, 그녀는 이 일에 관해서만큼은 절대 믿지 않으려고 했다.

"농담이지, 리지. 말도 안 돼. 다아시 씨하고 결혼을 약속했다니. 그럴 리가 없잖아. 내가 속을 것 같니? 그건 절대로 있을 수 없는 일이야."

"시작부터 너무 심한걸. 내가 의지할 사람은 언니뿐이었는데. 언니가 날 믿어 주지 않으면 누가 믿어 주겠어? 하지만 난 진지하게 사실을 말하는 거야. 그분이 아직 날 사랑한대. 그리고 우리 결혼하기로 약속했어."

제인은 믿을 수 없다는 표정으로 엘리자베스를 쳐다 보았다.

"리지, 어쩜 그럴 수가 있니? 네가 얼마나 그 사람을 싫어했는지 내가 아는데."

"언니는 자세한 내막을 몰라. 내가 그분을 싫어했던 건 이미 지나간 일이야. 그때는 지금처럼 그분을 사랑하지 않았는지도 모르지. 이럴 때는 기억력이 좋은 게 오히려 방해가 되네. 이번을 마지막으로 다시는 지나간 일을 기억하지 않을래."

제인은 아직도 얼떨떨해하는 표정이었다. 엘리자베스는 다시 한 번 진지하게 사실이라고 확인해 주었다.

"세상에, 어떻게 그럴 수가 있니? 하지만 네 말을 믿지 않을 수도 없구나. 내 동생, 리지, 그렇다면 축하해 줘야겠지. 정말 확실한 거니? 이런 질문해서 미안하지만, 다아시 씨와 결혼해서 행복할 거라고 확신하는 거야?"

"그 점은 확신하고 있어. 우리는 세상에서 가장 행복한 부부가 되기로 이미 약속했거든. 언니는 그 사람에 대해서 어떻게 생각해? 제부감으로 마음에 들어?"

"그럼, 당연히 마음에 들지. 빙리 씨나 나나 그렇게 되면 더할 나위 없이 좋을 거라고 생각하고 있었어. 그렇지만 불가능할 거라고 단념했던 거지. 너 정말 그분을 진심으로 사랑하는 거야? 리지야, 애정이 없는 결혼은 절대 하면 안 돼. 정말 그분과 결혼할 만큼 그분을 사랑한다고 확신하는 거야?"

"응, 모든 걸 언니에게 얘기하면 내가 그분을 언니가 생각하는 것 이상으로 사랑하고 있다는 걸 알게 될 거야."

"무슨 얘긴데?"

"언니, 내가 빙리 씨보다 그분을 더 사랑한다고 말하면 화낼 거야?"

"장난하지 마. 난 진지하게 얘기하고 싶어. 내가 알아야 할 일이 뭔지 빨리 말해 봐. 언제부터 그분을 사랑하게 된 거야?"

"서서히 그렇게 된 거라 언제부터였는지 나도 확실히 모르겠어. 아마 펨벌리에서 다아시 씨의 아름다운 영지를 볼 때부터였던 것 같아."

진지하게 얘기해 달라는 언니의 다그침에 엘리자베스는 다아시에 대한 자신의 애정을 고백했다. 제인은 그 말을 듣고 나자 더 이상 바랄 것이 없을 만큼 흡족해했다.

"정말 행복하다. 너도 나처럼 행복할 테니까 말이야. 나는 예전부터 그분을 훌륭한 사람이라고 생각했어. 그분이 너를 사랑했다는 것만으로도 그분을 좋아하지 않을 수 없었단다. 그분은 빙리 씨의 친구고, 게다가 네 남편이 될 테니, 빙리 씨와 너 다음으로 내게는 소중한 분이 된 거 아니니? 그렇지만 앙큼하게 입을 꼭 다물고 있었던 건 너무 한 거 아니야? 펨벌리와 램턴에서 있었던 일에 대해서는 내게 전혀 얘기해 준 게 없잖아. 내가 알고 있는 것도 네가 아닌 다른 사람을 통해서 들은 거야."

엘리자베스는 비밀로 할 수밖에 없었던 사정을 언니에게 얘기했다. 빙리에 관한 일을 언니에게 알리고 싶지 않았고, 자신의 감정이 너무 혼란스러워서 다아시의 이름을 언급하는 것조차 피하고 싶었다고 말했다. 이제는 리디아가 결혼하는 과정에 다아시가 개입했던 일을 언니에게 더 이상 감출 필요가 없을 것 같았다. 두 사람은 그날 밤을 거의 대화로 지새웠다.

"맙소사!"

다음 날 아침 베넷 부인이 창가에 서서 외쳤다.

"꼴 보기 싫은 다아시 씨가 우리 사윗감이랑 우리 집에 다시 안 왔으면 좋겠어. 뭣 때문에 끈질기게 우리 집에 오는 거지? 사냥을 하든 뭘 하든 빙리 씨랑 같이 와서 귀찮게 하지 좀 않았으면 좋겠다. 대체 저 사람을 어떻게 해야 할지 모르겠다. 리지야, 네가 또 같이 산책이라도 나가야겠다. 빙리 씨한테 방해가 안 되게 말이야."

엘리자베스는 어머니가 때맞춰 그런 제안을 하는 것이 재미있어서 저절로 웃음이 나왔다. 그렇지만 어머니가 늘 다아시를 못마땅해하는 게 무척 속이 상했다.

빙리는 다아시와 함께 들어오자마자 엘리자베스를 의미심장한 표정으로 쳐다보고 그녀의 손을 꼭 잡으며 악수를 청했다. 그녀와 다아시의 일을 모두 알고 있다는 표시가 분명했다. 그는 큰 소리로 베넷 부인에게 말했다.

"베넷 부인, 이 근방에 리지 양이 또 길을 잃고 헤맬 만한 오솔길이 있나요?"

"다아시 씨, 리지, 키티, 세 사람은 오늘 아침에는 오컴 언덕으로 가는 게 좋을 것 같아요. 산책로로 꽤 좋을 거예요. 시간도 오래 걸릴 거고. 다아시 씨는 그곳 경치를 처음 보실걸요."

빙리가 대답했다.

"두 사람한테는 좋을지 모르지만, 키티한테는 너무 힘든 코스일걸요. 안 그래, 키티?"

키티는 집에 있는 게 더 좋다고 했고, 다아시는 산 위에서 경치를 내려다보고 싶다고 해서 엘리자베스는 침묵으로 동의를 표시했다. 엘리자베스가 나갈 채비를 하기 위해 2층으로 올라가자 베넷 부인이 따라오며 말했다.

"리지, 네게는 미안하구나. 저 꼴 보기 싫은 작자를 너한테 떠넘겨서. 너무 기분 나빠하지 마라. 제인을 위해서 그런 거니까. 가끔 몇 마디 말만 받아 주면 되지 않겠니? 그러니 너무 부담스럽게 생각하지 말거라."

그들은 산책하는 동안 저녁때 베넷 씨의 결혼 허락을 받기로 결정했다. 어머니의 허락을 얻는 일은 엘리자베스가 맡기로 했다. 어머니가 이 일을 어떻게 받아들일지 도무지 짐작이 가지 않았다. 다아시의 어마어마한 재산과 지위 때문에 어머니가 그에 대한 반감을 없앨 수 있을지도 모르는 일이었다. 어머니가 두 사람의 결혼을 완강하게 반대하건, 아니면 열렬히 환영하건, 요란스러운 반응을 보일 게 분명했다. 어머니가 이 얘기를 듣고 기뻐서 어쩔 줄 모르는 모습도, 반대하며 야단법석을 벌이는 모습도 다아시가 보는 건 그녀로서는 참기 힘든 일이었다.

저녁에 베넷 씨가 서재로 물러간 다음, 엘리자베스는 다아시가 자리에서 일어나 따라가는 걸 보았다. 그녀는 초조하고 긴장돼 안절부절못했다. 아버지가 반대하실 게 두렵지는 않지만, 자기로 인해서 아버지가 언짢아하실까 봐 걱정스러웠다. 그가 특별히 사랑하는 딸이 그런 선택을 했다는 걸 알면 실망할 거라는 생각과 집에서 떠나보내야 한다는 섭섭함과 걱정 때문에 상심할 거라는 생각에 가슴이 아팠다. 그녀는 심란한 마음으로 앉아서 다아시가 나오기를 기다렸다. 그가 미소를 지으며 다시 나타났다. 그 모습을 보고 엘리자베스는 적이 마음이 놓였다. 잠시 후 그는 엘리자베스가 키티와 함께 앉아 있는 테이블로 다가와서 뜨개질 솜씨를 칭찬하는 척하며 엘리자베스에게 귓속말을 했다.

"아버지께 가 보세요. 서재에서 기다리고 계셔요."

엘리자베스는 곧바로 서재로 갔다. 아버지는 심각하고 걱정스러운 표정으로 방 안을 서성이고 있었다.

"리지야, 도대체 어떻게 된 일이냐? 그 사람의 청혼을 받아들였다니 지금 제정신이니? 넌 그 사람을 내내 싫어하지 않았니?"

엘리자베스는 예전에 자신이 좀 더 이성적으로 판단하고 신중하게 말을 가려서 하지 않았던 게 후회스러워 견딜 수가 없었다. 그랬더라면 지금처럼 어색한 변명과 해명을 늘어놓지 않아도 되었을 것이다. 하지만 지금으로서는 어쩔 수 없는 일이었고 그녀는 어색하고 당황스러운 태도로 다아시에 대한 자신의 애정을 아버지에게 고백했다.

"그러니까 다시 말해서 그 사람의 청혼을 받아들이기로 결심했다는 거로구나. 그 사람은 분명 대단한 부자고, 넌 제인보다 더 좋은 옷과 훌륭한 마차를 갖게 되겠구나. 그렇지만 그런 것들이 너를 행복하게 할 수 있을 거라고 생각하니?"

"제가 그분을 사랑하지 않는다는 것 이외에 반대하실 다른 이유는 없으신 거예요?"

"다른 이유는 없다. 우리 모두 그 사람이 거만하고 유쾌하지 않은 사람이라는 건 알고 있지만 네가 정말 그 사람을 좋아한다면 그런 건 아무것도 아니야."

"전 정말 그분을 좋아해요."

엘리자베스는 눈물을 글썽거리며 말했다.

"그분을 사랑해요. 그분은 그렇게 거만한 사람이 아니에요. 정말 좋은 사람이에요. 그분이 실제로 어떤 사람인지 아버지는 모르세요. 그러니까 그분을 그렇게 나쁘게 말씀하셔서 제 마음을 아프게 하지 말아 주세요."

"리지야, 난 그 사람에게 허락한다고 말했다. 그런 사람이 청을 하는데 감히 거절할 수 있겠니? 네가 그의 청혼을 받아들이기로 결심했다면, 네게도 승낙할 수밖에 없지. 하지만 한 번 더 잘 생각해 보길 바란다. 리지야, 난 네 성품을 잘 안다. 넌 자기 남편을 진심으로 존경하지 않으면 행복할 수도 자부심을 가질 수도 없는 아이야. 네 남편이 자기보다 낫다고 우러러봐야만 행복할 게다. 네게 맞지 않는 결혼을 하면 네 팔팔한 성질 때문에 결혼 생활이 위험해질 거야. 수치감과 불행을 모면하기 힘들 거다. 애야, 내가 일생의 반려자를 존경하지 못하는 너를 보는 아픔을 겪지 않게 해다오. 넌 지금 자신이 무슨 일을 벌이는지 모르고 있는 것 같다."

엘리자베스는 더욱더 착잡한 심정이 되어 진지하고 엄숙하게 말했다. 그녀는 심각하게 생각해서 다아시를 남편감으로 선택했다는 걸 몇 번이나 확인시키고, 그에 대한 자신의 견해가 서서히 변해 온 과정을 설명하고, 그의 애정이 일시적인 것이 아니라 여러 달 동안 시험을 거쳐 확인된 견고한 것임을 단언하고, 그의 모든 장점을 열심히 나열했다. 결국 엘리자베스는 다아시에 대한 아버지의 불신을 씻어 내고 결혼에 동의하도록 설득할 수 있었다.

"그렇다면 나로서는 더 할 말이 없구나. 네 말대로라면 그 사람은 네 남편이 될 자격이 충분한 남자야. 난 그만한 가치가 없는 사람에게 너를 보낼 수는 없다, 리지야."

엘리자베스는 아버지가 다아시에 대해 확실하게 좋은 감정을 갖게 하기 위해, 그가 말없이 나서서 리디아의 문제를 해결해 준 사실을 털어놓았다. 베넷 씨는 딸의 말을 듣고 기절할 듯이 놀랐다.

"오늘 밤에는 놀랄 일투성이로구나. 세상에! 그게 모두 다아시 씨가 한 일이었다니. 리디아의 결혼을 성사시키고, 돈을 내주고, 그 작자의 빚을 갚아 주고, 장교 자리까지 얻어 주었단 말이지. 그렇다면 더더욱 잘된 일이로구나. 나는 애쓰지 않아도 되고 돈도 굳게 되었으니 말이다. 네 외삼촌이 그렇게 했다면 내가 돈을 갚아야 했을 테고 또 당연히 갚았겠지. 그런데 사랑에 빠진 젊은 애인이 한 일이었다니. 내일 그 사람에게 돈을 갚겠다고 말해 봐야겠다. 그럼 펄펄 뛰면서 널 사랑해서 그렇게 한 거라고 말하겠지. 그걸로 그 문제는 마무리될 것 같구나."

그는 2~3일 전에 콜린스의 편지를 읽으며 엘리자베스가 당황스러워하던 모습을 떠올렸다. 그때 일을 얘기하며 한참 동안 웃고 나서 그는 엘리자베스에게 나가봐도 된다고 말했다. 그리고 엘리자베스가 방에서 나갈 때 이렇게 말했다.

"메리나 키티를 찾는 남자가 오거든 들여보내라. 난

지금 아주 한가하니까."

엘리자베스는 무거운 짐을 내려놓은 기분이었다. 그
녀는 자기 방에서 30분 동안 조용히 생각을 정리하고
마음을 가라앉힌 후에 사람들에게로 돌아갔다. 모든 일
이 너무 순식간에 이루어져서 기뻐할 새도 없었다. 그
날 저녁은 조용하게 지나갔다. 이제 더 이상 두려워할
일은 없었다. 시간이 조금 지나면 평화롭고 아늑한 기
쁨이 찾아올 것이었다.

밤에 어머니가 옷 방으로 올라갈 때 엘리자베스는 어
머니를 쫓아가서 중대한 소식을 알렸다. 어머니의 반응
은 기묘했다. 그 말을 듣자 베넷 부인은 얼어붙은 것처
럼 아무 말도 없이 꼼짝 않고 한참 동안 앉아 있었다. 가
족에게 이득이 되는 일이나 딸의 애인에 관한 일이라면
결코 둔감하지 않은 그녀였음에도 불구하고, 한참 시간
이 지난 후에야 자기가 들은 얘기가 이해되는 모양이었
다. 그녀는 그제야 본래의 모습으로 돌아와서 의자에서
일어났다 앉았다 하기를 반복하더니 감탄사를 연발하
며 성호까지 그었다.

"이럴 수가! 하느님 감사합니다. 어떻게 이런 일이!

다시 씨라니, 생각도 못했다. 그게 사실이니? 오! 내 사랑스러운 딸 리지야. 넌 엄청난 부자에다 귀하신 몸이 되겠구나. 용돈이며 보석이며 마차며 마음대로 갖게 되겠지. 너한테 비하면 제인은 아무것도 아니야. 아무것도 아니고말고. 정말 기쁘다. 정말 행복해. 그렇게 멋진 남자와 결혼하게 되다니. 그렇게 잘생기고 키도 훤칠한 남자가 내 사위가 되다니. 오! 예쁜 내 딸, 내가 전에 그 사람을 싫어했던 건 미안하다고 전해 주렴. 그냥 넘어가 줄 거다. 내 딸, 아유 예쁜 것. 런던에 집도 있고, 멋진 건 다 갖추지 않았니? 딸 셋이 결혼하게 됐구나. 1년에 1만 파운드라니. 오, 하느님, 내가 정신이 어떻게 될 것 같구나."

이것으로 베넷 부인이 결혼을 승낙했다는 건 조금도 의심할 필요가 없었다. 엘리자베스는 어머니의 요란스러운 반응을 혼자 본 걸 다행이라고 생각하며 곧 방을 나왔다. 그러나 자기 방으로 돌아온 지 3분도 지나지 않아서 어머니가 따라 들어왔다.

"얘야, 다른 건 생각할 수도 없구나. 1년에 1만 파운드라니. 아니 어쩌면 그보다 더 많을지도 모르지. 왕족이나 다를 게 없지 않니? 넌 궁궐의 특별 허가도 받아야 할걸? 그래야 결혼할 수 있을 거야. 그건 그렇고, 다아시 씨가 특별히 좋아하는 음식이 뭔지 좀 말해다오. 내일 준비하게 말이다."

베넷 부인의 말은 다아시에게 그녀가 어떤 태도로 대할지 짐작하게 하는 불길한 전조였다. 엘리자베스는 다아시의 깊은 애정도 확인했고, 부모님의 승낙도 받았지만 아직 걱정할 일이 남아 있다고 생각했다. 그러나 다음 날은 생각했던 것보다 무난하게 지나갔다. 다행스럽게도 베넷 부인은 장래의 사위를 너무 어려워하는 바람에 감히 말도 못 붙이고 필요할 때 겨우 예의를 차리거나 그의 말에 경의를 표하는 정도로 조심스럽게 행동했다.

아버지가 다아시와 친해지려고 노력하는 모습을 보고 엘리자베스는 마음이 흡족했다. 베넷 씨는 시간이 지날수록 다아시를 존경하게 된다고 말했다.

"난 세 사위들을 모두 높게 평가한다. 당연히 위컴을 가장 좋아하지만, 네 남편도 제인의 남편 못지않게 좋아질 것 같구나."

18

엘리자베스는 금방 기분이 들떠서 다시 장난기 많은 본래의 모습을 되찾았다. 그녀는 다아시에게 어떻게 해서 자기를 좋아하게 됐는지 설명해 달라고 졸랐다.

"언제부터 저를 좋아하기 시작한 거예요? 당신은 일단 누군가를 좋아하게 되면 멋진 연애를 할 것 같긴 하지만, 맨 처음 내게 반하게 된 이유가 뭐죠?"

"처음 당신을 좋아하게 된 시간이나 장소, 아니면 얼굴 표정, 대화 같은 건 정확히 말할 수 없어요. 너무 오래전 일이니까. 한참 지나고 나서야 내가 당신을 좋아하기 시작했다는 걸 깨달았죠."

"처음에는 제 외모가 그다지 아름답다고 생각하지 않

으셨잖아요. 게다가 당신을 대하는 저의 태도는 거의 무례할 정도였죠. 당신과 얘기할 때마다 당신 마음에 상처를 주는 말만 했잖아요. 솔직히 얘기해 보세요. 제가 당신에게 무례하게 대했기 때문에 저를 좋아했던 건 아닌가요?"

"당신의 생기발랄한 성격이 좋았어요."

"그걸 다른 말로 무례하다고 할 수도 있죠. 사실 그랬으니까요. 당신은 예의범절이나 지나친 친절에 싫증이 나 있었는지도 모르죠. 당신의 마음에 들기 위해 말하고 외모를 가꾸고 생각하는 여자들에게 염증이 났던 것 아닌가요? 제가 그런 여자들과 다르다는 점이 당신의 흥미를 일으킨 거 아니에요? 만일 당신이 정말 마음이 착한 사람이 아니었다면 저의 그런 점 때문에 저를 싫어했겠죠. 당신은 속마음을 드러내지 않으려고 했지만, 언제나 공정하고 고결한 생각을 갖고 있었어요. 그리고 당신의 환심을 사기에 여념이 없는 사람들을 철저히 경멸했죠. 이 정도면 제가 설명하는 수고를 덜어 드린 것 아닌가요? 모든 정황을 생각해 봐도, 정말 그럴듯한 설명 아니에요? 당신은 저의 실제적인 장점을 모르고 있었던 게 분명해요. 하지만 처음 사랑에 빠질 때는 누구든 그런 걸 생각하지 않는 법이죠."

"제인 양이 네더필드에서 아파 누워 있었을 때 당신이 언니를 극진히 보살피는 모습도 당신의 장점이 아니었던가요?"

"제인 언니 말씀이군요! 자기 언니를 위해서 그만한 일도 못할 사람이 어디 있겠어요? 하지만 그걸 미덕으로 생각해 주신다면 저야 감사한 일이죠. 저의 장점은 모두 당신이 보장해 주셔야 해요. 최대한 과장해서 말이죠. 그 보답으로 가능한 한 자주 당신을 놀리고 싸움을 거는 일은 제가 맡아서 할게요. 그럼 단도직입적으로 물어보죠. 무엇 때문에 그렇게 속마음을 털어놓는 걸 망설이셨나요? 처음 저희 집을 방문하셨을 때, 그리고 나중에 식사하셨을 때도 절 그렇게 피했던 이유가 뭐죠? 특히 처음 방문했을 때는 저한테 전혀 관심이 없는 것처럼 보였잖아요."

"그건 당신이 진지한 표정으로 말을 하지 않고 있었기 때문입니다. 그래서 용기가 나지 않았던 겁니다."

"전 그때 속으로 당혹스러워하고 있었어요."

"저도 마찬가지였습니다."

"저녁 식사를 하러 왔을 때는 제게 더 말을 할 수도 있었잖아요."

"저보다 신경이 덜 예민한 사람이라면 그럴 수도 있었겠죠."

"당신은 그럴듯한 답변을 잘도 둘러대시고, 저는 그런 답변을 받아들일 만큼 합리적이니 참 불행한 일이네요. 하지만 당신을 그냥 내버려 두었다면 얼마나 오래 그런 상황이 지속되었을지 모를 일이죠. 제가 먼저 물어보지 않았더라면 당신이 언제 얘기했을까요? 당신이 리디아를 위해 나서 준 일에 대해 감사의 마음을 전하기로 결심했던 게 큰 효과가 있었던 것 같아요. 어쩌면 지나치게 큰 역할을 했을지도 모르죠. 제가 비밀을 지키기로 한 약속을 어겼기 때문에 우리가 행복해졌다면 도덕적으로 잘못된 행동이 아니었을까요? 저는 그 일을 언급하지 말았어야 했어요. 그건 해서는 안 될 일이었죠."

"그렇게 자책하실 필요는 없습니다. 도덕적으로 문제될 게 전혀 없으니까요. 부당하게 우리 사이를 갈라 놓으려고 했던 캐서린 영부인의 행동이 저의 모든 의혹을 사라지게 했습니다. 제가 지금처럼 행복하게 된 건 당신이 제게 감사를 표현하고 싶어 했기 때문이 아닙니다. 그때 제 마음은 당신이 말문을 열어 줄기 기다릴 수 있는 상태가 아니었죠. 이모님에게서 알게 된 사실들이 제게 희망을 주었고 그래서 당장 당신의 진실을 알아야겠다고 결심하게 된 겁니다."

"캐서린 영부인께서 우리에게 정말 큰 도움을 주셨군요. 그분이 아시면 무척 기뻐하시겠어요. 남들에게 도움이 되는 걸 좋아하신다고 말씀하셨으니까요. 하지만 네더필드에는 왜 오셨던 거죠? 단지 말을 타기 위해 롱본에 왔다가 당혹스러운 일을 당하신 건가요? 아니면 마음속으로 더 중요한 목적을 품고 계셨던 거예요?"

"진짜 목적은 당신을 만나서 당신의 사랑을 얻을 수 있는 희망이 있는지 알아보려던 것이었죠. 겉으로 내세운 목적, 그러니까 나 혼자 마음먹었던 건, 제인 양이 아직도 빙리를 사모하고 있는지 알아보려는 것이었습니다. 만일 그렇다면 빙리에게 사실을 털어놓으려고 했죠. 그리고 실제로 그렇게 했습니다."

"캐서린 영부인께 앞으로 무슨 일이 일어날지 말씀드

릴 용기가 있으신가요?"

"제게는 용기보다 시간이 더 필요합니다. 하지만 어차피 해야 할 일인데 제게 종이 한 장만 갖다 주세요. 지금 당장 편지를 쓰죠."

"언젠가 다른 여자분이 그랬던 것처럼 당신 옆에 앉아서 글씨가 고른지 지켜보고 싶지만, 저도 써야 할 편지가 있어서요. 제게도 빨리 소식을 알려 드려야 할 외숙모가 계시거든요."

엘리자베스는 다아시와 자신의 관계를 잘못 알고 있다는 말을 하기가 꺼려져서 가디너 부인이 보낸 긴 편지에 아직 답장을 보내지 않았다. 그러나 외삼촌 내외가 반가워할 만한 소식을 전할 수 있게 된 지금은 그들이 행복해할 수 있는 시간을 사흘이나 놓치게 만들었다는 자책감이 들어서 즉시 편지를 썼다.

사랑하는 외숙모께
친절하게 상세한 내용을 담은 길고 다정한 편지를 보내 주신 데 대해 진작 감사를 드렸어야 했는데, 솔직히 말씀드리면 그동안 편지를 쓸 마음이 아니었어요. 외숙모께서 사실을 너무 과장되게 생각하고 계셨거든요. 하지만 지금은 마음대로 상상하셔도 돼요. 제 문제에 대해 공상의 고삐를 풀고 마음껏 상상의 나래를 펼치세요. 제가 벌써 결혼했을 거라는 상상만 아니라면 어떤 상상을 하셔도 크게 빗나가지는 않을 거예요. 외숙모는 곧 지난번에 칭찬하셨던 것보다 훨씬 더 그분을 칭찬하는 내용의 편지를 보내 주실 거죠?

레이크 지방으로 가지 않기로 결정하셨던 걸 거듭 감사드려요. 지금 생각하면 제가 그곳에 가고 싶어했던 게 너무 어리석었어요. 망아지가 *끄*는 마차를 타고 정원을 둘러보자는 말씀은 정말 좋은 생각이에요. 우리 매일 정원을 돌아다녀요. 전 세상에서 가장 행복한 사람이랍니다. 이전에 그렇게 말한 사람들도 있었겠지만 저만큼 행복하지는 않았을 거예요. 저는 제인 언니보다 더 행복해요. 언니는 미소만 짓고 있지만 저는 큰 소리로 웃고 있거든요. 다아시 씨가 두 분께 사랑을 듬뿍 담아 보낸다고 전해 달랍니다. 물론 제게서 빼내 갈 수 있는 한도 안에서지만

요. 두 분 모두 크리스마스 때 펨벌리에 꼭 오셔야
해요.
이만 줄입니다.

캐서린 영부인에게 보내는 다아시의 편지는 엘리자
베스의 편지와는 문체가 전혀 달랐다. 그러나 두 편지
의 문체와 더 판이하게 다른 편지는 베넷 씨가 콜린스
에게 보낸 편지였다.

축하 인사를 받기 위해 한 번 더 수고를 끼쳐야겠네.
엘리자베스는 곧 다아시 씨의 아내가 될 걸세. 캐서
린 영부인을 많이 위로해 드리게나. 하지만 내가 자
네 입장이라면 조카 편에 설 것 같네. 그쪽이 더 많
은 걸 가졌으니 말일세.
그럼 이만 줄이겠네.

오빠의 결혼이 다가오자 빙리 양이 보낸 축하 인사
는 겉으로는 다정하게 보였지만 진심이 담겨 있지는 않
았다. 그녀는 제인에게도 편지를 보내서 자신의 기쁨

을 표시했다. 그리고 예전처럼 겉치레뿐인 인사말을 늘어놓았다. 제인은 그녀의 말에 속지는 않았지만 마음이 약간은 움직였다. 그리고 그녀의 진심을 믿지 않으면서도, 그녀에게 과분할 만큼 친절한 편지를 보냈다. 오빠의 결혼 소식을 들은 다아시 양은 크게 기뻐하면서 오빠만큼 성실하게 편지를 써 보냈다. 그녀의 기쁜 마음과 새언니와 친하게 지내고 싶다는 소망을 모두 적기에는 네 장의 편지지가 부족할 정도였다.

롱본의 가족들은 콜린스 씨와 샬럿에게서 축하의 답장을 받기 전에 그들 내외가 루카스 로지에 와 있다는 소식을 들었다. 그들이 갑작스럽게 그곳에 온 이유는 명백했다. 캐서린 영부인이 조카의 편지를 읽고 노발대발해서, 엘리자베스의 결혼을 기뻐하는 샬럿의 입장에서는 폭풍우가 잠잠해질 때까지 피해 있는 게 좋겠다고 판단한 것이었다. 이런 때에 친구를 만나게 된 엘리자베스는 무척이나 기뻤다. 하지만 다아시가 샬럿의 남편의 온갖 아첨과 자기 과시를 어쩔 수 없이 받아 주는 모습을 보면서 친구를 만나는 기쁨이 값비싼 대가를 치르고 있다고 생각했다. 다아시는 탄복할 만큼 침착하게 참아 내고 있었다. 윌리엄 루카스 경이 이 지역에서 가장 빛나는 보석을 발견한 걸 축하한다고 너스레를 떨고 나서 있는 대로 점잔을 떨면서 성 제임스궁전에서 자주 만나기를 바란다고 말할 때에도 다아시는 묵묵히 그의 말에 귀를 기울였다.

루카스 경이 사라지고 나자 다아시는 그제야 어깨를 으쓱하며 불쾌한 기색을 나타냈다. 필립스 부인의 경박한 태도는 그의 인내심을 시험하는 참기 힘든 고문이었다. 필립스 부인은 자기 언니처럼 다아시를 어려워해서 서글서글한 빙리를 대할 때처럼 친근하게 얘기하지는 못했지만, 일단 입을 열었다 하면 천박한 말만 쏟아 냈다. 다아시를 어려워하는 마음이 그녀의 말수를 줄어들게 하기는 했지만, 더 기품 있게 만들어 주지는 못했다.

엘리자베스는 다아시가 두 사람과 자주 마주치지 않게 하려고 애를 썼다. 그리고 될 수 있는 대로 다아시가 수치심을 느끼지 않고 대화를 나눌 수 있는 가족이나 자신과 시간을 보내게 하려고 전전긍긍했다. 이런 일들로 인해 빚어지는 불편한 감정이 달콤한 약혼 기간의 즐거움을 상당히 빼앗아 가기는 했지만, 한편으로는 앞날에 대한 기대를 더욱 크게 하는 역할도 했다. 엘리자베스는 두 사람 모두에게 유쾌하지 않은 이 사람들에게서 벗어나 펨벌리로 옮겨 가 편안하고 우아하게 살 수 있는 날을 설레는 마음으로 기다렸다.

# 19

자랑스러운 두 딸을 시집보내던 날, 베넷 부인은 어머니로서 그렇게 행복할 수가 없었다. 그녀가 나중에 얼마나 당당하고 기쁜 마음으로 빙리 부인을 방문했고, 다시 부인에 대해 얘기했는지는 충분히 짐작할 수 있는 일이다. 많은 딸을 좋은 집안으로 시집보내고 싶다는 열렬한 소망이 이루어졌으니, 베넷 부인이 여생 동안 사려 깊고, 다정하고, 사리에 밝은 부인이 되었으면 더없이 좋은 일이었을 것이다.

그러나 그런 생소한 가정적인 행복을 경험해 본 적이 없었던 베넷 씨에게는 자기 부인이 여전히 신경질을 부리며 어리석은 행동을 하는 편이 오히려 다행스러운 일인지도 몰랐다. 베넷 씨는 둘째 딸을 몹시 보고 싶어 했다. 그는 딸을 보고 싶은 마음에 다른 가족들보다 자주 집을 나섰다.

그는 아무도 예상하지 못한 시간에 펨벌리에 가기를 좋아했다. 빙리와 제인은 네더필드에서 겨우 열두 달만 머물렀다. 제인처럼 착하고 여린 마음씨를 가진 여자도 어머니와 메리턴의 친척들과 그렇게 가까운 곳에서 사는 건 그다지 달갑지 않은 일이었다. 빙리는 사랑하는 누이동생의 소원대로 더비셔와 인접한 마을에 저택을 구입했고, 제인과 엘리자베스는 다른 어떤 행복보다 서로 30마일 이내의 거리에 살게 된 기쁨을 누릴 수 있게 되었다.

키티는 두 언니들과 많은 시간을 보내면서 실제적으로 많은 도움을 받았다. 그동안 접했던 사회보다 더 고상한 사회의 사람들을 사귀면서 그녀는 발전적인 모습으로 크게 바뀌었다. 그녀는 리디아처럼 통제 불가능한 아가씨는 아니어서, 리디아의 영향을 받지 않고, 적당한 관심과 교육을 받게 되자 예전보다 화를 덜 내고, 아는 것도 많아지고, 진지해졌다. 리디아와 어울려서 나쁜 영향을 받을 수 있는 통로는 당연히 차단당했다. 위컴 부인은 자주 무도회와 젊은 남자들을 빌미로 키티에게 집에 와서 지내라고 초대했지만, 그녀의 아버지는 절대로 허락하지 않았다.

메리는 집에 남은 유일한 딸이 되었다. 그녀는 혼자 있는 걸 못 견뎌하는 어머니의 등쌀에 공부에 방해를 받을 수밖에 없었다. 그래서 메리는 어쩔 수 없이 사람들과 전보다 더 자주 어울려야 했지만, 매일 아침 도덕적인 교훈을 늘어놓는 습관은 여전히 지키고 있었다. 아버지에게는 메리가 언니들과 미모를 비교당할 일이 없어졌기 때문에 변화를 잘 받아들이는 걸로 보였다.

위컴과 리디아는 언니들이 결혼한 이후 근본적으로 달라진 게 없었다. 위컴은 엘리자베스가 전에 알게 된 자신의 배은망덕한 행동과 거짓말을 이제는 대단치 않은 일로 여길 거라는 자신만의 논리를 단단히 믿고 있었고, 다아시를 구슬려서 한몫 받아 내려는 희망을 완전히 버리지 않고 있었다. 리디아가 엘리자베스의 결혼을 축하하며 보내온 편지에는 위컴 본인의 생각은 아니더라도 그의 아내로서 그런 희망을 여전히 품고 있다는 내용이 들어 있었다.

사랑하는 리지 언니에게
결혼 축하해. 내가 위컴을 사랑하는 것의 반만큼이
라도 언니가 다아시 씨를 사랑한다면 언니는 틀림
없이 무척 행복할 거야. 언니가 그렇게 부자가 되어
서 정말 기뻐. 다른 할 일이 없을 때는 우리 생각도
좀 해 줘.
위컴은 궁전에 자리를 얻고 싶어 해. 우리는 남의 도
움 없이 살 수 있을 만큼 돈을 많이 벌지 못해. 1년
에 300~400파운드 정도면 어떤 자리라도 좋아. 이
얘기는 형부한테 얘기하고 싶지 않으면 안 해도 돼.
그럼 이만 줄일게.

엘리자베스는 남편에게 얘기하지 않는 게 좋겠다고
판단했기 때문에, 그런 청탁이나 기대는 일절 하지 말
라는 내용의 편지를 보냈다. 대신 자기가 개인적으로
쓰는 돈을 절약해서 모은 돈을 이따금 보내 주는 걸로
위안을 삼았다. 씀씀이가 헤프고 앞일에 대해 계획성이

없는 두 사람에게는 현재의 수입이 크게 부족할 게 뻔했다.

그들이 숙소를 옮길 때마다 제인이나 엘리자베스에게 빚을 청산할 수 있도록 돈을 보내 달라는 요청이 날아들었다. 전쟁이 끝난 후 제대해서 정착한 후에도 그들의 생활 태도는 극도로 불안정했다. 그들은 항상 싼 집을 찾아 이곳저곳 옮겨 다녔고, 그러면서도 분수에 맞지 않게 돈을 써 댔다. 리디아에 대한 위컴의 애정은 곧 무관심으로 바뀌었고, 위컴에 대한 그녀의 애정은 그보다 좀 더 길게 갔을 뿐이었다. 리디아는 어리고 제멋대로였지만, 결혼한 이후에 지켜야 할 명예를 더럽히는 행동은 하지 않았다.

다아시는 펨벌리에 위컴을 받아들일 수는 없었지만, 엘리자베스를 생각해서 그가 일자리를 얻을 수 있도록 밀어주었다. 리디아는 남편이 런던이나 바스로 놀러 가고 없을 때 가끔 언니를 찾아왔다. 두 사람은 빙리 부부의 집에 너무 오래 머무는 경우가 많아서, 마음 좋은 빙리조차 이제 그만 갔으면 좋겠다는 암시가 담긴 말을 할 정도였다.

빙리 양은 다아시의 결혼에 몹시 분개했지만, 펨벌리를 방문할 수 있는 권리를 유지하는 게 유리할 거라는 생각에서 분노를 삼키고 그전보다 더 조지애나에게 친근하게 대했다. 다아시에게는 예전과 다름없이 싹싹하게 굴었고 엘리자베스에게도 전에 다하지 못한 예의를 깍듯이 차렸다.

펨벌리는 이제 조지애나의 집이 되었다. 엘리자베스와 조지애나의 사이는 다아시가 바랐던 대로였다. 그들은 마음먹었던 것처럼 서로 사랑할 수 있었다. 조지애나는 세상에서 엘리자베스를 가장 훌륭한 여성으로 생각했다. 처음에는 오빠를 대하는 엘리자베스의 생기발랄하고 장난스러운 말투에 충격을 받았고 존경심 때문에 사랑하는 감정이 묻혀 버렸던 오빠를 유쾌하고 편안하게 대하는 엘리자베스가 신기해 보였다.

조지애나는 엘리자베스를 보면서 전에는 몰랐던 것을 알게 되었다. 그녀는 엘리자베스를 통해 여자들도 남편을 스스럼없이 편안하게 대할 수 있다는 걸 깨달았다. 물론 오빠가 열 살이나 어린 자신에게는 그런 태도를 허용하지 않을 거라는 것은 잘 알고 있었다.

캐서린 영부인은 조카의 결혼에 대해 극도로 분개했다. 그리고 결혼식을 알리는 편지에 대한 답장에 평소대로 솔직한 성격을 그대로 발휘해서 특히 엘리자베스에게 모욕적인 언사를 서슴지 않는 답장을 보냈다. 그들 사이에는 한동안 교류가 끊어졌다.

그러나 다아시는 그런 일들을 눈감고 넘어가라는 엘리자베스의 설득에 못 이겨 이모님께 화해를 청했다. 캐서린 영부인은 얼마간 더 완강히 고집을 부렸지만, 조카에 대한 애정 때문인지, 아니면 조카며느리가 어떻게 처신하는지 궁금해서인지 결국 화를 풀었다. 그리고 친히 펨벌리로 행차해서 두 사람을 만나기까지 했다. 비천한 안주인이 들어오고 그런 안주인의 외삼촌 내외가 다녀가서 숲이 오염되었다고까지 생각했던 영부인으로서는 대단한 발전이 아닐 수 없었다.

두 사람은 가디너 씨 부부와 항상 친밀한 관계를 이어 나갔다. 엘리자베스 못지않게 다아시도 그들을 사랑했다. 다아시는 엘리자베스를 더비셔에 데리고 와서 두 사람이 맺어지는 계기를 만들어 준 사람들에 대해 진심으로 고마워하는 마음을 잃지 않았다.

오만과 편견의 경계 위에 꽃피운 사랑

### 개인적 가치와 전통적 가치의 불협화음

영국의 대표 여류 작가인 제인 오스틴(Jane Austen, 1775~1817)은 시대를 초월한 세련된 감수성으로 오늘날까지도 많은 사랑을 받고 있다. 특히 드라마와 영화로까지 제작되었던 《오만과 편견》(1813)은 세계 각국의 언어로 번역되어 광범위한 독자층을 형성하고 있다.

18세기 영국의 한적한 시골 마을을 배경으로 하고 있는 《오만과 편견》은 남녀 주인공의 사랑과 결혼을 주제로 삼고 있다. 그러나 남녀 간의 사랑의 밀어로 작품을 가득 채우지는 않는다. 제인 오스틴은 '오만'과 '편견'에 사로잡힌 남녀 주인공을 통해 인간성에 대한 깊은 성찰을 시도하고 있으며, 더 나아가서는 전통적 가치관과 개인의 가치가 불협화음을 이루던 당시 영국의 시대 상황을 예민하게 포착해 내고 있다. 또한 풍자와 반어적 표현이 돋보이는 감각적인 문체는 그녀를 문학사적으로 중요한 위치에 올려놓았다.

《오만과 편견》의 시대적 배경이 되고 있는 18세기 말의 영국은 전통성과 근대성이 공존하던 과도기적 시기였다. 당시 영국은 왕권 국가 체제로 신분에 의한 계층 구분이 엄격했다. 그러나 19세기 초에 일어난 산업화로 막강한 경제력을 갖춘 상인, 변호사, 군인과 같은 신흥 계급이 급부상하게 되면서, 영국 사회의 중심이었던 귀족 계급은 신흥 계급과 공존하게 된다. 이런 분위기는 사회 전반에 많은 영향을 미친다. 신흥 계급이 실질적인 주도권을 갖게 되면서 계층 간의 격차가 완화되었고, 그들을 중심으로 한 문화도 형성되었다. 신흥 계급의 취향에 맞춘 춤, 음악, 극장 등이 발달하였고, 산문과 소설도 인기를 끌게 되었다. 이는 대중계몽에 큰 역할을 하였고, 약소 계층이었던 여성의 지위에도 변화를 가져왔다. 당시 영국은 남성 위주의 가부장적 가치관이 지배적이었다. 여성들은 사회, 정치, 경제적 활동은 물론이고, 교육과 결혼에 있어서도 제약을 받았다. 이러한 상황에서 여성은 독립적인 삶을 영위해 나갈 수 없었다. 삶을 유지할 수 있는 유일한 수단이 결혼이었고, 현모양처에 대한 지나친 강요나 정략결혼과 같은 폐해에서 벗어나지 못하고 있었다.

제인 오스틴 역시 이러한 사회적 분위기와 무관할 수 없었다. 그녀는 1775년 영국 햄프셔주의 스티븐턴이라는 작은 마을에서 교구 목사의 딸로 태어났다. 그녀의 아버지인 조지 오스틴은 귀족 신분이었지만 고아로 물려받을 재산이 없었다. 형제와 친척의 도움으로 옥스퍼드 대학을 마치고, 친척의 영토인 스티븐턴에서 교구 목사가 되었지만 생활은 그리 여유롭지 못했다.

8남매 중 일곱째(둘째 딸)로 태어난 제인 오스틴은 대부분의 시간을 집에서 살림을 돌보며 지냈다. 목사나 장교가 되기 위해 정식 교육을 받았던 남자 형제들과 달리, 그녀는 버크셔주의 레딩 여자 기숙 학교를 3년간 다녔을 뿐이었다. 이처럼 경제적 여건과 여자라는 이유로 교육의 혜택을 거의 받지 못했던 그녀가 작가가 될 수 있었던 건 문학 작품을 즐겨 읽던 집안 분위기 덕분이었다. 때문에 그녀는 어려서부터 당대의 유명한 희곡 작품뿐만 아니라, 낭만주의 작품과 계몽주의 작품, 수많은 시편을 접하였고, 열다섯 살 때부터 단편을 쓰기 시작해 스물한 살 때는 첫 번째 장편 소설을 완성했다.

이러한 제인 오스틴의 능력은 과도기적 시대의 혼란을 틈타 빛을 발하게 된다. 소설이 대중적으로 큰 인기를 끌면서, 모든 사회적 활동이 제한되었던 여성에게도 작가가 될 수 있는 기회가 주어졌기 때문이다. 그러나 남성과 동등한 자격이 주어졌던 것은 아니다. 여성들은 여전히 주변부에 위치해 있으면서 내용과 형식 면에서 규제를 받았다.

남성 독자들을 의식해 표현에 있어 패러디나 아이러니 등 완곡어법을 사용했고, 자신의 목소리를 교묘하게 은폐시키거나, 익명으로 소설을 출판하기도 했다.* 제인 오스틴 역시 작가로서 여러 가지 어려움을 겪는다. 1796년에 그녀의 첫 장편 소설이자 후에 《오만과 편견》으로 개작된 서간체 소설 《첫인상》이 출판사에 거절당하는가 하면, 그 뒤에 발표된 소설들도 당대에는 제대로 된 평가를 받지 못했다.

물론 제인 오스틴을 둘러싸고 있는 시대적 환경이 《오만과 편견》 전면에 등장하고 있는 것은 아니다. 이 작품은 다아시(Darcy)로 대변되는 '오만'과 엘리자베스(Elizabeth)로 대변되는 '편견'이라는 두 세계가 대립하고, 화합하고, 공존을 이뤄 나가는 과정에 초점이 맞춰져 있다. 그러나 두 주인공이 겪는 신분의 차이, 결혼 가치관에 대한 차이, 주위에서 벌어지는 여러 갈등의 원인들이 모두 과도기적 시대 상황과 밀접하게 연결되어 있다. 이 작품이 문학적, 사회적으로 보다 큰 의미를 획득할 수 있었던 것도 바로 그런 이유다.

### 주체적 여성상의 등장 '엘리자베스'

《오만과 편견》이 오늘날까지도 공감대를 형성할 수 있는 이유는, 이 작품이 진정한 결혼의 조건이 무엇인가에 대해 질문을 던지고 있기 때문이다. 그러나 당시

---

* 이성덕, 〈오만과 편견 연구 : 개인적 가치와 전통적 가치의 조화〉, 한국방송통신대학교, 2010, 참조.

의 결혼은 '경제적 부유함'이냐, '사랑'이냐를 놓고 선택할 수 있는 상황은 아니었다. 여성들은 독자적인 경제 활동을 할 수 없었으므로 삶을 영위하기 위해서는 결혼이 필수적이었다. 그러므로 '사랑'보다는 '경제적, 사회적 조건'을 우위에 둘 수밖에 없었다.

이러한 모습은 작품에 등장하는 '샬럿 루카스'를 통해서도 잘 나타나 있다. 샬럿은 콜린스에게 별다른 애정을 느끼지 못한다. 하지만 그가 헌스퍼드의 교구 목사이며 베넷 씨의 재산을 한정 상속받게 될 것이라는 조건 등을 이유로 그를 남편감으로 선택한다. 그리고 '안락한 가정'을 이룰 수만 있다면 결혼으로 인한 속박이나, 가부장적 억압은 충분히 감당해 낼 수 있다고 여긴다.

그녀에게 남자나 결혼 생활은 그다지 중요하지 않았다. 오직 결혼만이 그녀의 목표였다. 지체 높은 집안의 여자들에게 재산이 별로 없을 경우, 결혼만이 명예로운 생활 방편이 되었고, 그 결혼이 가져다줄 행복이 아무리 불확실한 것이라 해도 궁핍한 생활을 모면할 수 있는 최상의 방지책이었다. 이제 그녀는 그 방지 수단을 획득한 셈이었다.

_ 본문 중에서

이처럼 결혼은 당시 여성들에게 불합리하게 작용했다. 여성들은 부모로부터 주어지는 지참금이나 유산 외에는 별다른 경제력을 갖추지 못했다. 교육과 사회 활동이 제한되었으며 직업을 가질 수 없었기 때문이다. 이러한 문제를 해결하기 위해서 여성은 '결혼'과 '경제적 측면'을 연결하여 생각할 수밖에 없었다. 결국 재산이 많은 남성과의 결합이 결혼에 있어서 최선의 조건이 되어 버린 것이다. 이처럼 상대의 내면적 가치와는 상관없이 신분과 재산이라는 외적인 가치로 결혼 상대를 결정지어 버리는 전통적 결혼관은 여러 가지 문제점들을 내포할 수밖에 없었다.

이러한 전통적 결혼관에 대해 엘리자베스는 부정적인 시선을 보낸다. 콜린스와 결혼할 샬럿의 모습을 "너무도 굴욕적인 그림"으로 인식하고, "세속적인 유익을 위해 그보다 중요한 모든 감정을 희생"하는 것을 안타깝게 생각한다. 이처럼 엘리자베스는 기존의 결혼관을

256

과감하게 거부한다. 그녀는 자신의 어머니(베넷 부인)나 여동생들(리디아, 키티)처럼 경제적 조건을 우위에 두지 않는다. 결혼에 있어 가장 중요한 것은 '사랑'의 감정을 느낄 만한 개인적 가치에 있는 것이다. 그러므로 사람들에게 부러움의 대상이 되는 다아시의 재산도 그녀의 관심을 끌지 못한다. 그것은 오히려 다아시에게 부정적인 요소로 작용하게 된다. 사람들과 잘 어울리지 않고, 무뚝뚝한 다아시의 성격이 부자로서 가지는 오만함이라는 편견을 갖도록 하는 것이다. 이러한 엘리자베스의 부정적 시선은 다아시 개인을 향하는 것인 동시에 불합리한 기존의 세계를 향해 있다.

다아시한테서 청혼을 받다니! 그가 그렇게 여러 달 동안 자신을 사랑하고 있었다니. 집안이 좋지 않다는 이유로 친구와 제인의 결혼을 반대했던 그가, 똑같이 힘든 조건이 분명한데도 그런 모든 불리한 조건을 극복하고 자신과 결혼하기를 원할 만큼 자신을 사랑하고 있었다니. 도저히 믿을 수 없는 일이었다.

자신이 전혀 의식하지 못하는 사이에 다아시에게 강렬

한 애정을 불러일으켰다는 사실이 그녀의 자존심을 어느 정도 만족시켜 주는 건 부인할 수 없었다. 그러나 그의 오만하고 가증스러운 성격과 제인에 관한 일을 당당하게 인정하고, 변명조차 하지 않는 뻔뻔함과 자만심, 그리고 위컴에 관한 일을 얘기할 때의 냉정하고 무자비한 태도를 생각하면 그의 애정이 잠시 불러일으켰던 동정심은 한순간에 사라져 버렸다.

_ 본문 중에서

위의 인용문에서처럼 엘리자베스는 다아시로부터 뜻밖의 청혼을 받게 된다. 다아시와의 결혼이 자신의 신분 상승은 물론, 경제적으로 부유한 삶을 가져다줄 것을 알면서도 엘리자베스는 일언지하에 거절한다. 다아시가 자신의 언니(제인)와 빙리를 갈라놓고, 위컴을 불합리하게 대했다는 이유 때문이다. 물론 이것은 그녀의 지독한 편견이 만들어 낸 오해다. 그럼에도 엘리자베스가 긍정적으로 평가될 수 있는 것은 결혼에 대한 결정이 높은 신분이나 경제력과 같은 외적인 조건이 아니라, 자신의 선택과 판단에 의해 이루어지고 있기 때문이다.

그런 의미에서 엘리자베스는 주체적이며 발전적인 여성상이라고 할 수 있다. 그녀는 기존의 가치관을 그대로 따르기보다 모든 일을 자신의 이성적 판단에 맡기고 있다. 안정된 생활이 보장된 콜린스와의 결혼을 거부하거나, 다아시와 결혼하지 않을 것을 강요하는 캐서린 영부인 앞에서도 끝내 자신의 의견을 굽히지 않는 모습에서도 주체적인 성향은 잘 나타나 있다. 또한 다른 여성들처럼 자신의 외모를 치장하거나, 현모양처가 되기 위해 피아노를 익히거나 수를 놓지 않고 독서를 통해 자신의 지적 능력을 향상시키기 위해 노력한다. 또한 이를 통해 자신의 존재적 가치를 남성과 동등하게 인정받고자 한다. 그러므로 이 작품에 등장하는 엘리자베스는 기존의 가치관을 거부하고, 스스로 변화하고자 한다는 점에서 진보적 인물이라고 할 수 있다.

## 화해 그리고 공존

《오만과 편견》의 주된 갈등은 다아시와 엘리자베스의 관계일 것이다. 제목에서도 짐작할 수 있듯이 '오만'과 '편견'이라는 대립적 구도를 통해 작품의 긴장감을 유발시키고 있지만, 이것은 단순히 남녀 간의 감정 문제만은 아니다. 이러한 갈등의 원인이 계급의 차이가 불러일으키는 사회적 차원의 모순에서 비롯되고 있기 때문이다. 기득권 세력으로서 자신의 신분 역할을 충실히 이행해야 할 의무를 지닌 다아시와, 전통적 가치들을 수동적으로 받아들이지 않고 그것에 맞서 적극적으로 대항하는 엘리자베스가 갈등을 일으키는 것은 당연한 일이다.

"저도 묻고 싶네요. 저를 불쾌하게 하고 모욕감을 느끼게 할 걸 알면서도, 자신의 의지에 어긋나고, 이성에도 어긋나고, 심지어 자신의 인격에도 어긋나지만 어쩔 수 없어서 저를 좋아한다고 고백하시는 이유를 말이에요. 제가 무례했다면 이게 제 무례함에 대한 평계가 될 수 있을지 모르겠군요. 제가 당신의 구애를 거절하는 데는 다른 이유도 있어요. 당신도 알고 계실 거예요. 제가 만일 다아시 씨를 싫어하지 않았다고 하더라도, 아니 무관심하거나 설사 호감을 갖고 있었다고 하더라도, 제가 세상에서 가장 사랑하는 언니의 행복을 망쳐 버리고 어쩌면 영원히 망쳐 버릴 수도 있는 사람의 구애를 받아들일 거라고 생각하셨나요?"

_ 본문 중에서

그러나 견고할 것 같았던 두 대립적 세계는 충돌을 거듭하면서 조금씩 그 벽을 허물기 시작한다. 다아시는 엘리자베스에 대한 사랑으로 그동안 자신이 가졌던 '오만함'에서 벗어나게 되고, 엘리자베스 역시 다아시에 대한 평가가 자신의 '편견'으로 인한 잘못된 것임을 인정하게 된다. 이것은 두 세계가 각자의 모순을 인정하면서 서로에게 유연해졌음을 의미한다. 이러한 변화는 작품에서 긍정적인 변화를 가져온다. 즉 서로를 인정함으로써 '화해'의 해결점을 찾아낸 것이다.

엘리자베스는 다아시가 평소와는 달리 어색해하고 긴장하는 것처럼 보여서 말문을 열지 않을 수 없었다. 그녀는 그가 말한 4월 이후로 자신의 감정이 근본적인 변화를 겪어서 지금은 그의 애정을 고맙고 기쁘게 받아들일 수 있게 되었다고 말했다. 유창한 말솜씨는 아니었지만 다아시는 충분히 엘리자베스의 뜻을 이해할 수 있었다. 그녀의 대답을 듣고 다아시는 이전에는 한 번도 경험하지 못했던 행복한 기분을 느꼈다. 그래서 격정적인 사랑에 빠진 남자만이 할 수 있는 열정적이면서도 섬세한 표현으로 자신의 마음을 털어놓았다. 엘리자베스가 그의 눈을 쳐다볼 수 있었다면, 마음에서 우러나오는 기쁨이 번진 그의 표정이 얼마나 그를 매력적으로 보이게 하는지 알 수 있었을 것이다.

_ 본문 중에서

자신을 변화시킴으로써 서로를 받아들이게 된 '오만'과 '편견'의 세계는 조화를 이루게 된다. 그리고 이것은 다아시와 엘리자베스의 이상적인 결합으로 이어진다. 그들의 결혼은 샬럿처럼 외부적인 조건에 의한 것도 아니고, 리디아처럼 무분별한 열정에 의한 것도 아닌, 이성과 감성, 그리고 서로의 신뢰를 바탕으로 이루어진 사랑이다. 이때 두 사람의 관계는 어느 한쪽에 예속돼 있는 것이 아니라, 서로가 서로의 필요에 의해 결합된 동등한 위치라고 할 수 있다. 이것은 단지 다아시와 엘리자베스의 관계에만 한정된 것은 아니다. 불협화음을 이루던 전통적 가치와 개인적 가치관이 '화해'를 이뤄 '공존'의 세계로 나아가고자 하는 작가의 바람이 담겨 있다고 할 수 있다.

김정은*

* 단국대 국문학과와 중앙대 대학원 문예창작학과를 졸업했다. 다년간 논술 강사와 잡지사 취재 기자로 근무했다. 학술 및 문학 관련 자유기고가로 활동 중이다.

**1775년**   12월 16일 영국 햄프셔주의 스티븐턴이라는 작은 마을에서 교구 목사였던 아버지 조지 오스틴과 어머니 커샌드라 리 오스틴 사이에서 8남매 중 일곱째(둘째 딸)로 태어났다.

**1783년**   버크셔주의 레딩 여자 기숙 학교를 3년간 다녔다.

**1787년**   습작을 시작했다. 이 시기에 쓴 글들은 사후에 세 권의 책으로 묶여 출간되었다.

**1793년**   장편 《수잔 마님》을 1795년까지 집필했다.

**1795년**   편지체 형식의 《엘리너와 메리앤》을 집필했다.

**1796년**　아일랜드 출신의 청년 톰 르프로이로부터 청혼을 받았지만 남자 쪽 집안의 반대로 무산되었다. 실연의 아픔을 겪는 동안 《첫인상》을 집필하고, 아버지의 권유로 출판사에 보냈지만 거절당했다.

**1797년**　《엘리너와 메리앤》을 《이성과 감성》으로 개작하였다. 그리고 후에 《노생거 수도원》으로 개작되는 《수잔》에 착수했다.

**1801년**　아버지 조지 오스틴이 자신의 교구를 장남 제임스에게 물려준 뒤 서머싯주의 도시인 바스로 이사를 갔다.

**1802년**　해리스 비그위더라는 사람의 청혼을 받아들이지만, 하루 만에 자신의 결정을 번복했다.

**1803년**　《수잔》의 판권을 런던의 크로스비 출판사에 팔아넘기지만, 이때 출간되지 못하고 사후에 《설득》과 함께 출판되었다.

**1803년**　《왓슨 가 사람들》을 1804년까지 집필했다.

**1805년**　1월 21일 아버지가 사망하자 바스를 떠나 약 3년 동안 형제, 친척, 친구 집을 전전했다.

**1809년**    아내를 잃은 셋째 오빠 에드워드의 권유로 햄프셔주의 초턴이라는 곳으로 이사를 했다.

**1811년**    《맨스필드 파크》를 기고하였고, 《이성과 감성》을 익명으로 출판하였다. 그리고 《첫인상》을 《오만과 편견》으로 개작하였다.

**1813년**    《오만과 편견》을 출판하여 뜨거운 호응을 얻었다. 그러나 모두 익명으로 출판돼 제인 오스틴의 이름이 널리 알려지지는 않았다.

**1814년**    《맨스필드 파크》가 출판되었다. 그리고 《엠마》를 1815년까지 집필했다.

**1815년**    《엠마》의 출간 직전 우연히 제인 오스틴의 애독자가 된 조지 4세(당시는 섭정관)에게 책을 헌정했다. 《설득》을 집필하기 시작했다.

**1816년**    《설득》을 완성했으나 몸 상태가 악화되어 병상에 오래 누워 있었다. 《수잔》의 판권을 되찾았다.

**1817년**    《샌디션》을 집필하는 도중 요양을 위해 윈체스터로 옮겨졌지만 결국 두 달 뒤인, 7월 18일 42세의 나이로 사망했다.

**1818년**  《노생거 수도원》과 《설득》이 출판되었다.

사후에도 개작된 작품이나 생전에 썼던 습작품, 편지 등이 출판되었고, 200여 년이 지난 지금까지도 전 세계 독자들에게 폭넓은 사랑을 받고 있다.

# 더스토리 초판본 시리즈 미니북

• 더스토리 초판본 미니북 시리즈는 계속 출간될 예정입니다.

**옮긴이 김유미**

서강대학교 영어영문학과를 졸업하고 '글밥 아카데미'를 수료했다. 현재 바른 번역 소속 번역가로 일하고 있다. 번역서로 《행복한 라디오》《프로작네이션》 《위대한 몽상가》 등이 있다.

**오만과 편견 3** : 1894년 초판본 표지디자인

**초판 1쇄 펴낸 날** 2023년 10월 10일

지 은 이  제인 오스틴
옮 긴 이  김유미
펴 낸 이  장영재
펴 낸 곳  (주)미르북컴퍼니
자 회 사  더스토리
전   화  02)3141-4421
팩   스  0505-333-4428
등   록  2012년 3월 16일(제 313-2012-81호)
주   소  서울시 마포구 성미산로32길 12, 2층 (우 03983)
E-mail  sanhonjinju@naver.com
카   페  cafe.naver.com/mirbookcompany
S N S  instagram.com/mirbooks


• (주)미르북컴퍼니는 독자 여러분의 의견에 항상 귀 기울입니다.
• 파본은 책을 구입하신 서점에서 교환해 드립니다.
• 책값은 뒤표지에 있습니다.